L'avalanche

Jack Dillon

Alerte !

L'avalanche

Traduit de l'anglais par Frédérique Revuz

L'édition originale de cet ouvrage
a paru en langue anglaise
sous le titre :

SURVIVE ! SNOW TRAP

Je remercie tout spécialement Liss Norton et Ian Locke.

Chapitre 1

Retrouvailles

« C'est pas possible, ils sont partis en Malaisie, ces sacs ! » s'exclama Lee en passant une main dans ses cheveux blonds.

Tom, son meilleur ami, et lui attendaient leurs bagages à l'aéroport de Lyon depuis presque trente minutes. Leurs planches de surf étaient déjà chargées sur leur chariot, mais leurs sacs restaient invisibles.

Seules, deux autres familles attendaient encore leurs bagages.

Tom, un jeune garçon dégingandé de quatorze ans aux cheveux roux, soupira.

« Tout le monde est parti sauf nous. »

Lee hocha la tête.

« À ce rythme-là, on va passer la semaine à l'aéroport », dit-il avec un sourire désabusé.

D'une demi-tête plus petit que son ami, Lee portait un large pantalon de treillis et un pull ample.

« Jeff va être furieux si on a égaré nos sacs, ajouta-t-il. Et si tu veux mon avis, à choisir, il préférerait qu'on ait perdu nos planches.

— Tu crois ?

— Mon frère ne peut pas voir les surfeurs en peinture.

— Pourquoi ? » demanda Tom, l'air étonné.

Deux élégantes valises grises apparurent sur le tapis roulant. Les deux garçons les regardèrent passer, et un homme d'une quarantaine d'années les récupéra.

« Mon frère prétend que les surfeurs sont irresponsables et égoïstes, reprit Lee en riant. S'il ne tenait qu'à lui, le surf serait purement et simplement interdit.

— Mais il sait qu'on en fait, quand même ?

— Pas encore. Mais il ne va pas tarder à l'apprendre. »

Tom émit un grognement désapprobateur.

« Ça veut dire que vous allez encore passer la semaine à vous chamailler.

— Ça m'étonnerait, dit Lee en s'asseyant sur le rebord du chariot. La dernière fois qu'elle l'a eu au téléphone, ma mère lui a fait un cours sur l'amour fraternel. Il va être obligé d'être gentil avec son petit frère. »

Tom fit la grimace.

« Moi, je te dis que ça ne va rien changer. Je sais comment vous êtes, ensemble. Et s'il déteste le surf, ça lui donnera l'occasion de râler toute la semaine. »

Il plongea la tête dans ses mains, feignant le plus grand désespoir.

« Mais pourquoi suis-je venu ?

— Tu exagères. On n'est pas si terribles que ça, quand même.

— Je n'ai jamais vu personne se disputer autant que vous. Ton père et ta mère ont dû hurler de joie quand Jeff a obtenu ce poste de moniteur à l'école de ski française, et je parie que la maison est calme depuis qu'il s'est installé ici. »

Lee se leva.

« Je serai sage comme une image. Je ne ferai ni ne dirai rien qui puisse l'énerver. »

Il eut un large sourire.

« À part du surf, bien sûr. »

Leurs bagages arrivèrent enfin. Ils les firent descendre du tapis roulant et les installèrent sur le chariot à côté des planches.

« Allez viens, on va retrouver Jeff », lança Lee gaiement.

Jeff les attendait dans la zone des arrivées. Il ressemblait à une version plus âgée et plus grande de Lee, bien que ses cheveux fussent légèrement plus blonds après des semaines passées sous le soleil. À l'approche de son frère et de son ami, il sourit et agita la main.

« Je commençais à croire que vous aviez raté l'avion », leur avoua-t-il.

Jeff serra la main de Tom et embrassa son frère.

« Je voyais tous les autres passagers sortir et... »

Il se tut et perdit son sourire en apercevant les housses des planches de surf.

« Ce ne sont pas vos bagages, dit-il.

— Si. »

Lee adressa un clin d'œil à Tom.

« Ça y est, c'est parti, fit-il à mi-voix.

— Maman ne m'a pas dit que vous veniez avec des planches de surf.

— Ah bon ?

— Non, fit sèchement Jeff en foudroyant son frère du regard. Et j'imagine que tu lui as demandé de ne rien dire. »

Lee secoua la tête avec innocence.

« Sûrement pas, répondit-il en luttant pour garder son sérieux.

— Je n'arrive pas à le croire, dit Jeff. Mon propre frère. Du surf ! Mais qu'est-ce que vous avez tous contre le ski ?

— Rien. J'adore le ski. Il se trouve seulement que j'aime encore plus le surf.

— Mais tu skies admirablement, s'écria Jeff, exaspéré. Et toi aussi, Tom, non ?

— On n'est pas mauvais en surf non plus, fit

Tom. On a pris quelques leçons sur piste artificielle et on connaît tous les rudiments. Tu vois, on n'embêtera personne. »

Jeff renifla avec mépris.

« Les surfeurs embêtent tout le monde et tout le temps. Ils vont trop vite. Ils...

— On devrait y aller, non ? l'interrompit Lee. Ce serait bien d'aller skier aujourd'hui, si on peut.

— Pour casser les pieds aux autres ? »

Jeff partit d'un pas raide. Lee et Tom le suivirent.

« Pourquoi est-ce que je suis venu passer ces vacances avec toi ? gémit Tom en contournant un groupe d'enfants avec son chariot. Ça va être un cauchemar. »

Lee haussa les épaules.

« Avec un peu de chance, il donnera des cours la plupart du temps. On ne le verra pas beaucoup. »

Jeff s'arrêta pour les attendre.

« Je croyais que vous étiez pressés d'arriver à Chambeau, dit-il d'un ton irrité.

— On arrive, frère chéri », répliqua Lee.

« Et ces sauts stupides, alors ça, c'est pire que tout, maugréait Jeff en passant la seconde vitesse, alors que la circulation ralentissait devant eux. Les surfeurs s'obstinent à sauter par-dessus tout et n'importe quoi, se reçoivent n'importe comment, et dévalent les pentes comme des bombes sans plus rien contrôler ensuite. »

Lee jeta un coup d'œil à la file de voitures devant eux en priant pour que le bouchon se dissipe. Jeff n'avait pas cessé de critiquer les surfeurs depuis qu'ils avaient quitté l'aéroport trois quarts d'heure plus tôt. Lee doutait de pouvoir supporter ça encore longtemps.

Il tourna la tête et observa les pentes neigeuses avec leurs bouquets de pins foncés. La vue de la montagne le calma. Encore une petite heure de patience et ils pourraient étrenner leur planche sur de vraies pistes.

« Et ces bonnets dont ils s'affublent, continuait Jeff. Ils font mal aux yeux avec ces couleurs ridicules. »

Lee pivota sur son siège et adressa un sourire à Tom assis près de lui. Il venait justement de s'en acheter un. Un chapeau de bouffon orange et jaune citron.

« Ne lui parle pas de mon bonnet », articula-t-il en silence.

Tom hocha la tête.

« Qu'est-ce que vous marmonnez, vous deux, là, derrière ? interrogea Jeff.

— Rien. »

Lee leva les yeux vers le ciel d'un gris de plomb.

« Tu crois qu'il va neiger ? demanda-t-il, pour changer de sujet.

— Possible. On a eu pas mal de neige dernièrement. Beaucoup plus que d'ordinaire. Espérons que ça ne nous empêchera pas de skier.

— Comment la neige peut-elle empêcher de skier ? demanda Tom, étonné. Il en faut au contraire, non ?

— Les autorités ferment les pistes quand il a trop neigé sur une courte période. Cela crée des risques d'avalanche. »

Lee ne dit rien, mais espéra secrètement qu'il en tomberait encore. C'était sur la neige fraîche et poudreuse que le surf était le plus agréable. Il leva à nouveau les yeux vers le ciel. Il était noir, comme si des flots de neige n'attendaient qu'un signe pour tomber.

Ils atteignirent enfin Chambeau. Cette nouvelle station, à deux pas de Val Thorens, se perchait assez haut sur le flanc de la montagne. Des chalets de bois, aux toits et aux balustrades couverts d'épaisses couches de neige, s'échelonnaient le long de la route. En traversant le centre du village, Lee aperçut des bars, des restaurants et des magasins de souvenirs. Une étroite bande de bitume avait été dégagée sur la route, bordée de chaque côté par d'immenses talus de neige. Lee n'en revenait pas.

« Qu'est-ce qu'il y a comme neige », dit-il.

Il skiait chaque année depuis qu'il avait sept ans et n'en avait jamais vu autant.

« Je te l'ai dit, fit Jeff. C'est une mauvaise année. Il n'a pas neigé comme ça depuis vingt ans. Dans certaines stations, les pistes sont restées fermées tout le week-end.

— Et ici ? demanda Lee d'un ton inquiet.

— Ici, non. Nos pistes n'étant pas particulièrement raides, le danger est moins grand. »

Ils contournèrent un bâtiment et rencontrèrent un groupe d'enfants engagés dans une bataille de boules de neige. Jeff actionna son klaxon et ils s'écartèrent sur le côté avec des signes de la main. Jeff leur renvoya leur salut.

« Ce sont des élèves à toi ? demanda Tom.

— Deux d'entre eux seulement. Les trois autres sont dans le groupe des débutants. C'est Dominique qui s'en occupe. »

Dominique était la petite amie de Jeff. Lee était impatient de la rencontrer. Il ne pouvait imaginer que l'on puisse volontairement passer du temps avec son frère et il avait hâte de voir quel genre de personne c'était. Pour supporter Jeff, ce devait être une sainte.

Ils montèrent le long d'une petite colline et Jeff s'engagea dans un parking aménagé devant un bar. Des gens bien emmitouflés étaient assis par petits groupes aux tables de la terrasse et buvaient dans des tasses fumantes.

« Voilà notre chalet. »

Jeff désigna un petit bâtiment de bois aux volets verts, perché plus haut sur la colline. Content d'être enfin arrivé, Lee l'examina avec attention.

Ils descendirent de voiture et se tinrent immobiles quelques instants, respirant l'air froid de la montagne. Au-dessus d'eux, les pistes de ski montaient à perte de vue, étincelantes de blancheur, tachetées ici et là de conifères sombres, de buttes rocheuses et de skieurs. Plus haut encore, le ciel gris, lourd de neige, semblait peser sur la cime des montagnes.

« Je n'aime pas beaucoup ce ciel, dit Jeff. Il n'est pas sûr que vous puissiez aller sur les pistes aujourd'hui. »

D'un geste vif, Lee ouvrit le coffre de la voiture.

« Dans ce cas, rentrons vite nos affaires, suggéra-t-il. Et dépêchons-nous d'aller skier avant qu'il ne fasse vraiment mauvais. »

Il sortit les planches de surf.

« Donne-moi un coup de main, Tom. »

Ils transportèrent leurs bagages vers la maison, faisant crisser la neige tassée sous leurs pieds. Jeff déverrouilla la porte et ils pénétrèrent à l'intérieur.

« Ce chalet appartient vraiment à ton ami ? interrogea Lee en posant un regard circulaire sur le confortable salon qui s'ouvrait devant lui.

— Oui, oui, il lui appartient. »

Un feu brûlait derrière une grille dans un coin de la pièce et un canapé de couleur bordeaux et deux fauteuils assortis étaient disposés autour. En face d'eux se dressait une table de bois sombre et quatre chaises. Un escalier s'élevait contre le mur du fond.

Jeff déplaça le pare-feu, attrapa un tisonnier

posé dans l'âtre et changea la disposition des bûches qui s'enflammèrent de plus belle.

« Il vit en Angleterre, mais il vient faire du ski ici. Vous avez de la chance qu'il n'ait pas pu venir cette semaine. Autrement, j'aurais eu du mal à vous héberger. Le gîte où je suis installé d'habitude est généralement rempli par les moniteurs. »

Lee retira ses après-ski et déclara :

« On va déballer quelques affaires et ensuite on fonce sur les pistes. Ça te dit, Tom ?

— Parfait pour moi, répondit Tom avec enthousiasme.

— C'est ça, allez terroriser tous ces pauvres skieurs, fit Jeff d'un ton sarcastique. Votre chambre est au premier étage, première porte à gauche. »

La chambre que les garçons partageaient était peinte en rose pâle.

« Berk ! C'est ignoble ! s'exclama Lee en laissant tomber son sac sur le lit situé près de la fenêtre.

— On ne sera pas beaucoup ici, sauf la nuit, lui rappela Tom. Et la nuit, on dormira. »

Il fronça les sourcils.

« À moins que Jeff et toi ne passiez la semaine à vous disputer et, là, je m'exile sur les pistes à temps complet. »

Lee ouvrit son sac et en sortit son bonnet de clown. Il l'enfila et admira son reflet dans le miroir.

« Fais attention que Jeff ne le voie pas », maugréa Tom en fouillant dans son sac.

Lee retira son couvre-chef et l'envoya promener sur le lit. Il passa un large pantalon imperméable marron et une paire de chaussures de surf souples blanc et noir achetées spécialement pour ces vacances. Il étala de la crème solaire sur son visage, installa ses lunettes de soleil sur le sommet de son crâne et fourra dans son sac à dos les objets dont il avait besoin. Il frotta enfin l'envers de sa planche de surf avec du fart pour qu'elle glisse parfaitement.

« Tu es prêt ? » demanda-t-il à Tom.

Il était impatient d'essayer sa planche sur de la vraie neige.

« Presque, répondit Tom en sortant ses gants de ski de son sac. N'oublie pas ton bonnet. »

Lee ramassa son bonnet sur le lit, le rangea dans la poche de sa doudoune, et ils descendirent au rez-de-chaussée.

Une jolie brune d'environ dix-neuf ans se réchauffait les mains près du feu. Elle se tourna vers eux en les entendant s'approcher et les accueillit par un sourire.

« Bonjour. Jeff est allé faire du café dans la cuisine, dit-elle avec un accent français. Vous devez être Lee et Tom. »

Lee lui rendit son sourire.

« Oui, je suis... »

La jeune femme leva la main pour l'interrompre.

« C'est facile à deviner : tu ressembles comme deux gouttes d'eau à ton frère. »

Lee lui adressa un regard indigné.

« Je ne ressemble pas du tout à Jeff. »

Tom s'esclaffa.

« Oh non, pas du tout ! Mêmes cheveux blonds, mêmes yeux bleus, mêmes épaules carrées, même mauvais caractère...

— D'accord, d'accord. Inutile de me le rappeler. »

La jeune femme rigola elle aussi.

« Tu dois être Tom.

— C'est ça.

— Et toi, tu es Dominique ? » demanda Lee, incrédule.

Elle avait l'air trop bien pour être la petite amie de son frère.

« Oui. Jeff m'a beaucoup parlé de toi. »

Elle baissa la voix et désigna les planches.

« Je vois que vous faites du surf.

— Je suis étonné que Jeff ne t'en ait rien dit, avoua Lee.

— Il m'en a parlé. À vrai dire, il n'a même parlé que de ça pendant que vous étiez là-haut. C'est pourquoi je lui ai demandé d'aller faire du café. C'est le seul moyen que j'ai trouvé pour avoir la paix », ajouta-t-elle avec un sourire en coin.

Elle jeta un rapide coup d'œil vers la porte de la cuisine et fit signe aux garçons de s'approcher.

« Je vous donnerai des leçons, chuchota-t-elle.

« — Tu fais du surf, toi aussi ? demanda Tom, ahuri. Et Jeff le sait ?

— Bien sûr. Je donne des cours aux vacanciers.

— Et il ne te bassine pas toute la journée avec ça ? »

Elle eut un sourire désolé.

« Ça lui arrive.

— Le café arrive dans cinq minutes, lança Jeff depuis la cuisine.

— On ne va pas en prendre, merci, Jeff, dit Lee. Tu veux venir avec nous, Dominique ? » demanda-t-il avec espoir.

Elle hocha la tête.

« Je vais repasser au gîte chercher ma planche. C'est tout près. Vous n'aurez qu'à m'attendre à côté du remonte-pente qui est en haut de la route. »

Jeff revint de la cuisine avec deux tasses de café fumant.

« Jeff, je suis désolée. Je vais aller faire du surf avec Lee et Tom, dit Dominique avec douceur. Je ne vais pas prendre de café finalement. »

Jeff posa les tasses sur une table basse avec mauvaise humeur. Dominique lui prit aussitôt la main en riant.

« Viens avec nous. Je suis sûr que ça t'amusera. »

Lee la regarda bouche bée. Si son frère les accompagnait, leur après-midi était gâché.

Jeff se laissa tomber dans l'un des deux fauteuils.

« Pas question », dit-il avec détermination.

Lee poussa un soupir de soulagement.

« De toute façon, reprit Jeff, il faut que je prépare le dîner.

— Le dîner ? » répéta Lee, sentant son cœur chavirer.

Jeff était un détestable cuisinier.

« Ça te pose un problème que je m'occupe du dîner ?

— Pas du tout, dit Lee vivement. Je suis sûr que ce sera très bon.

— Exactement. Soyez de retour à six heures, ajouta Jeff en sortant deux forfaits de ski qu'il tendit à Lee. Tiens, vous en aurez besoin.

— Merci, Jeff. »

Lee se sentit soudain un peu coupable. Son frère s'était vraiment mis en quatre pour les accueillir. Il s'était arrangé pour obtenir ce chalet le temps des vacances. Il leur avait même demandé d'envoyer leurs photos pour que leurs forfaits soient prêts à leur arrivée à Chambeau. Et, jusqu'ici, ils avaient à peine échangé un mot courtois.

« Et veillez à ne pas couper la route aux skieurs », acheva Jeff sèchement.

La culpabilité de Lee s'évapora. Pourquoi Jeff devait-il toujours se montrer si excessif ? Le surf n'avait quand même rien de si terrible.

Lee, Tom et Dominique sortirent sans rien ajouter.

« Je vais chercher ma planche. On se retrouve au remonte-pente, fit Dominique en descendant la colline.

— O.K. »

Lee et Tom gravirent la route neigeuse dans la direction opposée. Le ciel était plus noir que jamais. Lee leva les yeux vers la montagne et s'imagina déjà virevoltant sur la neige blanche.

« On va passer une semaine de rêve ! » s'exclama-t-il.

Chapitre 2

Une leçon de surf

Du sommet de la piste verte, Lee regardait descendre les skieurs débutants. Des dizaines de surfeurs s'essayaient à la planche. La plupart se montraient encore prudents, traversant la pente dans sa largeur. Quelques-uns s'enhardissaient pourtant à prendre un peu de vitesse, accomplissant des virages plus ou moins réussis.

« Je vais commencer par traverser, annonça Lee en regardant tour à tour Tom et Dominique. Juste pour sentir le contact de la planche sur la neige. »

Dominique hocha la tête en signe d'approbation.

« Bonne idée. Qu'est-ce que vous savez faire exactement ?

— Déraper, répondit Tom. Ainsi que les virages intérieurs et extérieurs.

— On n'a pas encore essayé les sauts, expliqua Lee. Mais j'aimerais bien apprendre. »

L'enthousiasme et l'impatience de Lee firent sourire Dominique.

« Eh bien, on dirait que vous vous débrouillez pas mal. Je pense que vous devriez sauter d'ici un jour ou deux, mais, pour l'instant, je crois que vous pourriez vous concentrer sur les virages. N'oubliez pas de tendre les jambes au moment où la planche se tourne face à la pente et de les fléchir quand vous voulez revenir parallèle.

— À tous les coups, je vais oublier, déclara Tom.

— Tu y arrivais bien sur la piste artificielle, lui rappela Lee.

— C'est très différent sous le regard d'un professeur. »

Avec une série de petits sauts, Tom mit sa planche en position de départ.

« J'espère que je ne vais pas me ridiculiser, dit-il. Surtout après l'épisode du tire-fesses. »

En effet, peu de temps avant, au grand amusement des skieurs qui attendaient leur tour pour monter, les deux garçons étaient tombés du remonte-pente à plusieurs reprises. Conçu pour les skis, le système était totalement inadapté pour les planches de surf qui s'enfonçaient dans la neige et rendaient la manœuvre très compliquée pour les surfeurs.

« Je ne veux même pas y penser », dit Lee en soulevant les talons pour s'engager sur la piste.

Il déplaça son poids sur son pied avant et la planche commença à prendre de la vitesse. Il la laissa aller, savourant le léger sifflement qu'elle produisait au contact de la neige, et la douce morsure de l'air froid sur son visage.

Parvenu au bout de sa première diagonale, il s'inclina en arrière pour ralentir et changer de direction. Il s'immobilisa une fraction de seconde et transféra son poids sur sa jambe droite en tournant les épaules vers l'arrière. Opération réussie. Il repartit en travers de la pente et se pencha en avant pour prendre de la vitesse.

Lee était désormais en confiance. C'était plus facile qu'il ne l'avait imaginé. La planche glissait avec tellement plus de facilité et de légèreté sur la neige.

Emporté par son élan, il déplaça son poids vers l'avant et pivota face à la pente pour accélérer son allure. Alors qu'il amorçait un virage, la queue de sa planche vira trop vite et le déséquilibra. Il bascula en arrière et dévala la pente sur le dos. Très vite, il stoppa sa chute en plantant la tranche de sa planche dans la neige.

Il se releva et regarda vivement autour de lui. Un peu plus haut, Dominique était penchée au-dessus de Tom étalé à plat ventre dans la neige. Soulagé de ne pas être le seul en difficulté, Lee ne put réprimer un sourire.

Il essaya un nouveau virage. Cette fois, en lais-

sant la queue de sa planche tourner plus doucement, il parvint à rester debout et glissa en travers
de la pente avec une nouvelle aisance. L'euphorie
le gagna. Il avait réussi !

Il tomba encore deux fois avant d'atteindre le
bas de la piste, mais son enthousiasme n'avait
plus de limites. Ses mouvements devenaient plus
souples et plus assurés et il jubilait déjà en songeant à la prochaine descente.

Il jeta un coup d'œil derrière lui. Tom était à
nouveau sur ses pieds. Un large sourire aux
lèvres, il descendait à bonne allure, Dominique à
ses côtés. Lee les observa s'approcher. La jeune
femme agita la main en tournant sa planche face
à la pente et fila devant Tom.

Elle fit halte près de Lee.

« Alors, c'était comment ? Tu es content ?
demanda-t-elle.

— Fantastique ! »

Elle lui adressa un sourire encourageant.

« Tu te débrouilles très bien. Tes virages sont
presque maîtrisés. Si je ne savais pas que c'est la
première fois, je ne m'en serais jamais doutée.

— Et tu as vu comme je suis bien tombé
aussi ? » fit Lee en riant.

Tom les rejoignit.

« J'adore ça ! » s'exclama-t-il, hilare.

De la neige était restée accrochée à son bonnet
de laine et à l'intérieur du col de son manteau.

« Tu es tombé combien de fois ? » demanda
Lee.

Tom haussa les épaules.

« Je ne les compte plus. On remonte ? »

Tandis qu'ils se dirigeaient vers le tire-fesses, il se mit à neiger. Lee regarda avec bonheur les flocons blancs danser devant ses yeux.

« Toute cette bonne neige fraîche ! On va surfer comme des fous !

— Il ne faudrait pas qu'il en tombe trop non plus, objecta Dominique. Le temps est bizarre cette année. Il y a de terribles tempêtes de neige et...

— Ça va aller », la coupa Lee.

Il n'était pas question d'arrêter, pas maintenant qu'il commençait juste à réussir ses virages.

« Ce ne sera pas la première fois que je skierai sous la neige.

— J'en suis sûre, mais d'ordinaire les tempêtes ne soufflent pas longtemps. Cette année, les blizzards se lèvent très vite et peuvent durer plusieurs heures.

— On peut quand même en faire une autre. Après tout, ce n'est qu'une piste verte. Ce serait difficile de se perdre, non ? Si on ne voit plus rien, on n'aura qu'à descendre tout droit pour rejoindre le village. »

Dominique hocha finalement la tête.

« D'accord. »

La neige tombait dru quand vint leur tour de prendre la perche. Lee glissa le disque de plastique entre ses jambes et prit soin de relever l'avant de sa planche. Pas question de se ridiculiser encore une fois.

Quand ils parvinrent au sommet de la piste, les flocons de neige voyageaient presque horizontalement, poussés par un vent glacial. Lee releva le col de son blouson, tira son bonnet sur ses oreilles, et attendit que Tom et Dominique descendent du remonte-pente.

« Ce n'était peut-être pas une si bonne idée finalement », dit-il quand ses compagnons l'eurent rejoint.

Dominique désigna un bâtiment de forme carrée, au toit plat, dont les fenêtres luisaient comme des balises à travers le tourbillon de neige.

« Allons boire quelque chose de chaud en attendant », proposa-t-elle.

Ils traversèrent pour rejoindre le café, déchaussèrent leur planche et entrèrent.

L'endroit était à moitié vide. Ils prirent place à une table située près d'une fenêtre et contemplèrent la neige qui continuait de tomber. Lee retira ses gants et referma les mains autour de sa tasse de chocolat chaud. À l'extérieur, on ne distinguait plus qu'un épais rideau floconneux en mouvement.

Ils attendirent près d'une heure. En vain. La neige ne cessait de tomber. Peu à peu, le café se vida et ils se retrouvèrent bientôt les seuls clients.

« Tant pis, on n'a qu'à y aller, soupira Tom, déçu. Je crois qu'on ne retournera pas sur les pistes aujourd'hui.

— Ne t'en fais pas, dit Dominique. Avec toute cette neige, on skiera d'autant mieux demain. »

Ils payèrent l'addition et sortirent dans la tempête, entamant la longue marche qui devait les ramener au village.

Sur les marches du chalet, Lee brossa la neige de ses vêtements, puis enleva son bonnet et l'agita. Les flocons s'envolèrent en tourbillonnant dans le vent. Il retira ses chaussures et pénétra dans la maison.

Jeff était assis dans le canapé devant la télévision allumée.

« Il y a une de ces tempêtes dehors, annonça Lee.

— Chuut, protesta son frère. Je regarde les informations.

— Je ne savais pas que tu comprenais le français.

— Je ne le comprends pas. Enfin, pas très bien. C'est pour ça que j'ai besoin d'être concentré. »

Lee jeta un coup d'œil sur l'écran. Une équipe d'hommes et de femmes creusaient avec des gestes las dans des monceaux de neige. La caméra tourna sur elle-même, révélant une impressionnante scène de dévastation : bâtiments effondrés, voitures retournées, arbres arrachés.

« Il y a eu une avalanche ? interrogea Tom en se laissant tomber dans un fauteuil.

— Oui. Maintenant, taisez-vous tous les deux. »

Les garçons obéirent et observèrent les images en silence. Le journaliste avait les cheveux et les vêtements couverts de flocons blancs. Derrière lui, les sauveteurs travaillaient d'arrache-pied. La caméra passa sur les monticules de neige. Ici et là, émergeaient des troncs d'arbres et des morceaux de toits déchiquetés. Lee aperçut la balustrade d'un chalet arrachée, mais étrangement intacte.

Les informations s'achevèrent et Jeff éteignit le poste de télévision.

« Ça s'est passé en France ? » demanda Tom visiblement choqué.

Dominique acquiesça avec une expression maussade.

« Ce n'est qu'à trente kilomètres d'ici. Cinq personnes ont trouvé la mort et neuf sont portées disparues. De nombreux chalets se sont effondrés sous le choc. »

Elle secoua la tête avec désarroi.

« On croit toujours qu'on est en sécurité à l'intérieur. »

Tom frissonna. Lee devina qu'il songeait aux personnes disparues. Certaines étaient peut-être encore vivantes et attendaient, sous cette neige, que les sauveteurs les trouvent, avant que leur réserve d'air ne s'épuise.

« Ça ne peut pas arriver ici, n'est-ce pas ? demanda Tom d'une voix nerveuse. Je veux dire, les avalanches sont assez inhabituelles... »

Sa voix s'éteignit.

« Oui, elles sont rares, lui assura Dominique. Le journaliste a dit qu'une avalanche de cette taille n'arrivait qu'une fois tous les cent ans. A priori, on est à l'abri ici. Nos pentes ne sont pas assez raides pour donner naissance à de tels phénomènes. »

Jeff se leva.

« Il peut y en avoir de plus petites, cependant. En tout cas, cela dissuadera les skieurs de faire du hors-piste, même avec un guide. C'est toujours plus sûr. »

Il alla à la fenêtre et regarda dehors.

« Hey, si l'avalanche n'est pas loin, on pourrait aller donner un coup de main, suggéra Lee avec excitation.

— On ne peut pas y accéder, dit Dominique. La route est bloquée. Ils attendent que le temps se dégage pour envoyer une équipe de secours par hélicoptère. Mais ils prévoient des vents forts et des blizzards sur les Alpes toute la soirée. »

Lee rejoignit son frère devant la fenêtre. La neige continuait de tomber par gros paquets opaques tandis que le vent hurlait. D'autres chalets se trouvaient près du leur, mais ils étaient devenus invisibles. À vrai dire, on ne distinguait rien hormis la masse blanche et tourbillonnante de la neige déchaînée. Lee regarda les épais flocons s'abattre contre les carreaux.

« On appellera à la maison après le dîner pour

leur dire que tout va bien, dit Jeff. Tu ferais bien de téléphoner à tes parents, toi aussi, Tom. »

Une sonnerie résonna dans la cuisine.

« C'est le minuteur. Le dîner est prêt. Vous mettez la table, les garçons ? Les couverts sont dans le tiroir à côté du four. »

Ils passèrent dans la cuisine. Jeff souleva le couvercle d'une casserole, laissant s'échapper un nuage de vapeur nauséabonde. Il remua vigoureusement son contenu à l'aide d'une cuillère en bois.

« Parfait, dit-il. Ragoût façon Jeff. »

Lee eut un sourire inquiet.

« Miam, je suis impatient d'y goûter. »

Jeff lui jeta un torchon d'un geste rageur. Esquivant le projectile d'un mouvement, Lee attrapa une poignée de couverts et battit en retraite dans le salon en compagnie de Tom.

« Quelle odeur, fit Tom tandis qu'ils dressaient la table.

— Attends de voir quel goût ça a. »

Lee se mit à rire, mais Tom n'en eut guère envie.

« Qu'est-ce qu'il y a ? s'enquit Lee.

— Je pensais à l'avalanche. Tu imagines si ça arrive ici ? Le chalet est juste au-dessous des pistes, on serait en plein dans sa ligne de mire.

— Le journaliste a précisé que ça n'arrivait qu'une fois tous les cent ans. Et tu as entendu ce qu'a dit Dominique : les pentes, ici, ne sont pas assez raides.

— Mais suppose qu'ils se trompent. »

Jeff revint de la cuisine avec deux assiettes de ragoût fumant.

« Pourquoi s'inquiéter d'une avalanche, chuchota Lee, alors que Jeff est sur le point de tous nous empoisonner ? »

Chapitre 3

Direction les pistes

Quand Lee s'éveilla le matin suivant, une pâle lumière blanche filtrait à travers les rideaux de la chambre. Il s'extirpa de son lit, et se précipita à la fenêtre. La neige avait cessé de tomber. Le ciel était bleu et la montagne étincelait sous le soleil. On l'eût dit semée de diamants.

Tom roula sur lui-même en bâillant.

« Il neige toujours ?

— Non. Il fait un temps magnifique. Allez, debout, direction les pistes ! »

Quand les garçons descendirent, Jeff buvait son café à longues gorgées, assis à la table de la grande pièce.

« Bien dormi ? » demanda-t-il.

Lee se frotta les yeux.

« Comme une souche, frère.

— Je donne un cours ce matin, annonça-t-il en posant brutalement sa tasse vide sur la table. Mais on ira skier ensemble cet après-midi, d'accord ? Je vous ai loué des skis. »

Il enfila ses chaussures.

« Dans la mesure où le temps le permet, évidemment. La météo annonce de la neige et beaucoup de vent. »

Il se dirigea vers l'entrée.

« Ne vous éloignez pas trop du village, d'accord ? »

Il disparut en claquant la porte.

« Quelle plaie, celui-là ! Je crois qu'il prend un peu trop au sérieux les conseils de ma mère sur l'amour fraternel, gémit Lee. J'espérais que Dominique nous donnerait un autre cours de surf cet après-midi. Je voudrais bien apprendre à sauter. »

Il se coupa une tranche de pain dans la miche qui trônait sur la table.

« Prions pour que ce ne soit pas Jeff qui fasse à manger ce soir, dit Tom en avalant d'un seul trait un verre de jus d'orange. Je veux dire, c'est gentil de sa part de s'occuper de nous, mais les cafés du village ont l'air tout à fait bien aussi. Je ne verrais pas d'inconvénient à ce qu'on en essaie un. »

Lee repoussa sa chaise.

« Allez, on y va, dit-il. S'il doit neiger comme hier, on ferait bien d'y aller le plus tôt possible. »

Les deux amis se dirigeaient vers le remonte-pente quand ils aperçurent un garçon de leur âge, sortant d'une ruelle adjacente. Il portait sous son bras une magnifique planche de surf arborant le dessin d'une montagne éclairée par la lune.

« Quelle belle planche ! » lança Lee.

Le garçon s'approcha d'eux en souriant.

« Merci, dit-il. Je l'ai eue pour Noël.

— Veinard. »

Lee jeta un œil à sa propre planche rouge et noir, balafrée de marques dorées. Il en était très content quand il l'avait achetée. À présent, il la trouvait ordinaire comparée à celle du jeune Français.

« Est-ce que le fait d'avoir une planche aussi classe améliore ta technique ? » demanda-t-il en riant.

Le garçon eut un sourire amusé.

« Possible. Les gens s'attendent à ce que tu fasses des prouesses, il ne faut pas les décevoir, sinon tu as l'air d'un... »

Il hésita, cherchant le mot adéquat.

« D'un abruti complet ? » suggéra Lee.

Le sourire du Français s'élargit.

« En ce qui me concerne, la planche n'y changerait rien, dit Tom. Je serais ridicule de toute façon. »

Ils rirent tous les trois.

« Vous allez au halfpipe ? questionna le garçon.

— Au halfpipe ? »

Lee ouvrit de grands yeux. Personne ne lui avait dit qu'il y en avait un à Chambeau.

« C'est par là, dit le garçon en pointant un doigt le long de la route. Vous voulez venir avec moi ?

— Bonne idée. Ça te dit, Tom ? »

Le garçon haussa les épaules pour signifier qu'il n'en savait trop rien.

« C'est quoi un halfpipe ?

— C'est une sorte de mini-piste creusée en forme de "U" dans la neige, qu'utilisent les skieurs acrobatiques, expliqua Lee. Tu sais, on s'en sert comme tremplin pour faire des sauts. »

Tom hocha la tête.

« Pourquoi pas ? Mais je me contenterai de regarder. »

Ils se mirent en marche le long de la route.

« Je m'appelle Lee et voici Tom, dit Lee.

— Enchanté. Moi, c'est Marc. Vous avez déjà été dans un halfpipe auparavant ?

— Non jamais. Mais j'ai hâte d'aller observer les pros », répondit Lee qui espérait grappiller quelques tuyaux.

Ils avaient atteint la limite du village. Au-dessous d'eux, sur la route principale, un chasse-neige roulait doucement, laissant derrière lui deux talus de neige parallèles.

« C'est juste de l'autre côté de la colline », dit Marc en entamant la montée.

Du sommet, une pente douce descendait jusqu'au halfpipe. C'était un large canal creusé dans la neige avec une paroi presque verticale à chaque extrémité. À l'intérieur, une dizaine de surfeurs allaient et venaient à toute vitesse, exécutant des bonds prodigieux et retombant parfois dans des chutes spectaculaires. Une foule de curieux se pressaient autour d'eux et commentaient les sauts les plus audacieux.

Lee jeta un coup d'œil envieux sur les acrobates. En s'entraînant beaucoup, il pourrait peut-être tenter un de ces sauts avant la fin de la semaine.

« Cet après-midi, je vais au circuit de surf du Val des Pins, annonça Marc. Vous voulez m'accompagner ?

— C'est comment ? interrogea Tom.

— Rapide. Beaucoup de pentes raides, des plans inclinés et des sauts. Il y a aussi des rampes. »

Les yeux de Lee s'allumèrent.

« Ça a l'air bien ! »

C'est alors qu'il se souvint des projets de Jeff pour l'après-midi.

« Zut ! J'avais oublié mon frère. Il veut qu'on aille skier avec lui. »

Il soupira. Le circuit de surf l'aurait bien plus amusé.

Tom renifla d'un air sceptique.

« Ça m'étonnerait qu'on soit capable de faire ce genre de chose, dit-il. Tu nous imagines sur une rampe ? ! »

— Ça vaudrait quand même la peine d'aller y faire un tour », insista Lee.

Tom rigola.

« Moi, je n'y vais pas. »

Lee se rembrunit. Tom pouvait vraiment être rébarbatif parfois.

« On a besoin d'un peu d'entraînement, c'est tout. »

Il se tourna vers Marc.

« Il est où, ce circuit ? »

Marc sortit une brochure de sa poche, retira son gant droit et indiqua l'endroit.

« C'est ici. Juste à côté du Val des Pins, le village voisin. Il y a un bus pour y aller. »

Il fourra le dépliant dans la main de Lee.

« Garde-le. J'en prendrai un autre à mon hôtel. »

Lee le rangea dans sa poche. Il essaierait ce circuit de surf avant la fin des vacances, que Tom l'accompagne ou non.

« Bon, je descends dans le halfpipe, leur annonça Marc. À tout à l'heure ! »

Lee s'essayait aux sauts depuis une demi-heure quand il se mit à neiger. Il négociait les bosses avec une certaine aisance à présent et s'appliquait à perfectionner son indy en attrapant la tranche avant de sa planche avec sa main.

La neige tombait désormais avec plus de force et il fut bientôt difficile de voir devant soi. À deux reprises, Lee manqua purement et simplement la bosse et redescendit la pente sans avoir sauté.

Tom revint du halfpipe où il était allé observer les sauts.

« Le vent se lève. Tout le monde s'en va. Il n'y a plus personne là-bas. »

Lee se renfrogna.

« Je commençais juste à y arriver. »

Tom s'éloigna.

« On gèle. Retournons au chalet », lança-t-il par-dessus son épaule.

Lee défit ses fixations et courut derrière son ami, la planche sous le bras.

« Je viens avec toi. »

La neige tourbillonnait autour d'eux sous la poussée d'un vent glacial.

« On fait la course jusqu'au village, proposa Tom.

— D'accord. »

Ils attachèrent leur planche et restèrent un instant côte à côte à scruter les flocons.

« Un, deux, trois, partez ! » cria Tom.

Ils s'élancèrent dans la pente et Lee se retrouva bientôt devant. Il prenait des virages serrés, s'efforçant de maintenir sa vitesse. À l'orée du village, il aperçut droit devant lui un haut monticule de neige. Cherchant à freiner, il s'inclina instinctivement en arrière, déplaçant tout son poids sur ses talons. Trop tard. Il n'arriverait jamais à s'arrêter sur une si courte distance. Il se prépara à sauter.

Il heurta la butte et lutta pour conserver une position verticale tandis qu'il s'élevait dans les airs. En vain. Il s'affala dans la neige et glissa sur le dos. Il entendit Tom crier son nom derrière lui, mais continua de dévaler la pente sans pouvoir s'arrêter. La neige était trop tassée à cet endroit et, en dépit de ses efforts, il ne parvenait pas à y enfoncer sa planche.

Une masse sombre se profilait devant lui. Tandis qu'il glissait vers elle, Lee comprit soudain qu'il s'agissait de skieurs qui revenaient des pistes. Jeff était à leur tête.

L'un d'eux se retourna et l'aperçut.

« Attention ! » hurla-t-il.

Horrifié, Lee s'efforça en gesticulant de détourner sa course pour les éviter.

« Ces surfeurs sont vraiment des inconscients », se plaignit un skieur tandis que Lee les dépassait en trombe.

Lee se cacha le visage dans les mains en espérant que son frère ne le reconnaîtrait pas. Ses lunettes s'envolèrent sans qu'il puisse les rattraper.

Il s'immobilisa enfin et défit ses fixations à la hâte en jetant un rapide coup d'œil derrière lui. Jeff et son groupe avaient disparu derrière le rideau de neige opaque. Lee ramassa précipitamment sa planche et fila vers le chalet. S'il le trouvait assis en train de lire près du feu à son retour, Jeff croirait peut-être qu'il n'avait pas bougé de la matinée.

Devant la maison, Lee débarrassa rapidement la neige de sa planche et de ses vêtements et retira ses chaussures. Il se faufila à l'intérieur et monta quatre à quatre au premier étage. Moins d'une minute plus tard, il était de retour en bas avec un livre. Il se laissa tomber dans un fauteuil et l'ouvrit. Il n'arrivait pas à se concentrer, ses pensées retournant sans cesse au circuit du Val des Pins. Il imaginait la joie qu'il aurait à boucler un tel parcours. Il plongea son regard dans le feu et sourit malgré lui.

Quelques minutes plus tard, Jeff rentra à son tour. Il resta un instant dans l'embrasure de la porte ouverte, chassant la neige de ses épaules.

Lee leva les yeux de son livre en espérant que son visage ne trahirait pas sa culpabilité.

« Salut. Ton cours s'est bien passé ?

— Le cours s'est très bien passé. »

Jeff enleva ses chaussures et les laissa près de la porte.

« C'est une fois au village qu'on a eu des problèmes. »

Il s'approcha de l'âtre pour se réchauffer les mains.

« Ce livre est passionnant, tenta Lee. C'est à propos de...

— Un imbécile a failli nous rentrer dedans avec sa damnée planche de surf. Un de mes élèves heureusement l'a aperçu et a donné l'alerte, sinon, crois-moi, il y aurait eu quelques jambes cassées.

— C'est ennuyeux, commenta Lee. Enfin, du moment que personne n'a été blessé. »

Jeff lui adressa un regard mauvais. Lee baissa piteusement les yeux sur son livre en se demandant si son frère connaissait l'identité du fuyard.

« C'est à toi, non ? fit Jeff d'un ton sec en lui jetant ses lunettes de ski sur les genoux.

— Je suis désolé, s'empressa de dire Lee. Tu sais, il y avait une énorme bosse et...

— Je t'ai dit ce que je pensais des surfeurs : ils n'ont aucun respect pour les autres. »

La porte d'entrée s'ouvrit. C'était Tom.

« Lee, tu es... ? »

Il s'interrompit.

« Oh, salut, Jeff. Il tombe une de ces neiges dehors ! Ça m'étonnerait qu'on aille skier cet après-midi.

— Dans ce cas, on va devoir rester enfermés ici ensemble, dit Jeff. On va bien s'amuser. »

Ses paroles résonnèrent comme une menace.

Lee se leva.

« Je viens de me souvenir que j'ai un truc à faire dans ma chambre. »

Il se dirigea vers l'escalier et monta. Tom le suivit.

« Ça a l'air bien, ce circuit de surf au Val des Pins », dit Lee quand ils se furent retrouvés dans leur chambre.

Tom fit la grimace.

« On n'est pas encore prêts. Ce serait plus rai-

44

sonnable d'attendre la fin de la semaine. On aura plus d'entraînement.

— Mais on apprendra de nouvelles techniques en regardant les surfeurs. »

Tom lui jeta un regard soupçonneux.

« Tu veux y aller uniquement pour regarder ?

— Surtout. Enfin, rien ne nous empêche d'essayer les parties faciles une fois là-bas.

— S'il y en a.

— Alors on y va demain ? suggéra Lee d'une voix enthousiaste.

— Je ne sais pas. Jetons un coup d'œil à la brochure que Marc t'a donnée. »

Lee se leva.

« Elle est dans mon blouson. Je descends la chercher. »

Il fut de retour en un rien de temps.

« Tiens, c'est en anglais sur la page de derrière. »

Ils se penchèrent ensemble au-dessus du petit livre. Sur les photos, des surfeurs exécutaient des acrobaties à couper le souffle.

« Ils disent qu'il y a des passages moins difficiles que d'autres, observa Lee. Donc, c'est décidé : on y va demain. »

Tom ne put s'empêcher de rire.

« De toute façon, tu vas me poursuivre jusqu'à ce que je cède. Autant dire oui tout de suite. Mais, je te préviens, si tu te casses une jambe, n'espère aucune pitié de ma part. »

Chapitre 4

Le Val des Pins

Quand Lee et Tom se levèrent le matin suivant, une épaisse couche de neige s'étalait tout autour du chalet.

« Je n'ai jamais rien vu de pareil », commenta Lee en regardant la blancheur uniforme du paysage.

Ils s'habillèrent à la hâte et sortirent sur le balcon. Le soleil dardait ses rayons sur un ciel entièrement bleu. De l'autre côté de la route, un homme était debout sur le toit de son chalet et dégageait la neige à la pelle.

« Je suppose que c'est pour éviter qu'elle tombe sur la tête des passants », commenta Tom.

Le visage de Lee s'éclaira.

« Tu crois que Jeff accepterait qu'on monte dégager le toit de notre chalet, demanda Lee.

— Non, je n'y tiens pas, entendirent-ils derrière eux. Vous risqueriez de tomber et de vous briser le cou. »

Jeff pénétra dans leur chambre.

« Je pense, cher petit frère, que maman n'apprécierait pas du tout la plaisanterie. »

Il aperçut le bonnet de clown de Lee et hocha la tête d'un air désapprobateur.

Tom et Lee revinrent dans la pièce et fermèrent les portes du balcon.

« Qu'avez-vous prévu pour aujourd'hui ? interrogea Jeff. Les pistes en basse altitude sont ouvertes, mais, plus haut, c'est fermé à cause des risques d'avalanche. »

Lee s'efforça d'avoir une expression innocente. Il savait que Jeff désapprouverait l'idée du circuit de surf.

« On ne sait pas encore. Tu as des cours, toi ?

— Oui. Je ne serai de retour qu'en fin d'après-midi. »

Lee adressa un bref sourire à Tom. Jeff ne pourrait pas les empêcher d'aller au Val des Pins.

« Lee, je te trouve bizarre, dit Jeff avec suspicion. Qu'est-ce que tu manigances ?

— Rien. »

Les yeux de Jeff se rétrécirent.

« Tu ne prépares pas un coup stupide, hein ?

— Mais non ! Comment peux-tu imaginer une chose pareille ? »

Jeff eut un rire moqueur et se dirigea vers la porte. Puis il s'arrêta et attrapa la brochure du circuit de surf restée sur le lit de Tom. Le cœur de Lee chavira. Il n'aurait jamais dû la laisser traîner.

« Vous n'avez pas l'intention d'aller là, si ? » demanda Jeff.

Ne sachant que répondre, Lee haussa les épaules.

« C'est un circuit pour les professionnels, précisa Jeff.

— Certaines sections sont plus faciles, objecta Lee sur la défensive. Et puis, tu n'es pas obligé de le faire en entier. »

Jeff soupira lourdement pour signifier qu'il rendait les armes.

« Regarde le temps avant de partir. Comment allez-vous vous y rendre ?

— En bus.

— Et suppose qu'une autre tempête se lève quand vous serez sur place. Comment rentrerez-vous ? »

Lee lui lança un regard noir. Jeff ne semblait pas vouloir se rendre compte qu'il n'était plus un enfant !

« On n'est pas complètement idiots. On n'ira pas si le temps ne le permet pas. Et si ça se couvre, on rentrera directement à la maison. Les chasse-neige maintiennent les routes ouvertes. »

Jeff se tourna vers Tom.

« Ne le laisse pas t'entraîner dans des situations dangereuses.

— Promis. Ça va aller. »

Jeff consulta sa montre.

« Il faut que j'y aille. Surveillez le temps. »

Lee attendit d'entendre la porte d'entrée se refermer et rangea dans son sac à dos les choses dont il avait besoin : la brochure de Marc, une bouteille d'eau, une barre chocolatée, une trousse de secours, un sifflet, son portefeuille, du fart, et sa petite trousse à outils au cas où il faudrait modifier les réglages de sa planche. Il jeta le sac sur son épaule et se précipita dans l'escalier.

« Mieux vaut partir tout de suite au cas où il neigerait plus tard. »

Tom le suivit mollement.

« Tu pensais vraiment ce que tu as dit ? S'il fait mauvais, on rentre.

— Bien sûr que oui. »

Lee enfila sa doudoune et ses chaussures.

« Allez, viens. »

À l'arrêt de bus, ils rencontrèrent Marc qui attendait.

« Salut, dit-il en souriant. Vous allez au Val des Pins ? »

Lee lui rendit son sourire.

« Oui, on y va. Et toi ? »

Marc hocha la tête.

« Il faisait mauvais hier, je n'y suis pas allé. »

Le sourire de Lee s'agrandit. Quelle chance ! Marc pourrait les guider à travers le circuit et leur montrer deux ou trois mouvements.

« On dirait qu'il va faire beau toute la journée », dit-il en jetant un œil vers le ciel sans nuage.

Le bus ne se fit pas attendre trop longtemps. Les trois garçons grimpèrent à l'intérieur, l'humeur joyeuse. Le soleil filtrait à travers les vitres. Ils s'installèrent sur la banquette du fond, et appuyèrent leur planche contre les fenêtres. Trois autres passagers occupaient des sièges à l'avant : deux jeunes femmes, vêtues de l'uniforme rouge des moniteurs et un barbu d'une quarantaine d'années.

Comme Lee l'avait imaginé, la route était entièrement dégagée et ils avançaient à bonne allure. Il n'était que dix heures et quart quand ils aperçurent le village du Val des Pins se profiler devant eux. Plus loin, sur l'autre versant de la vallée, se dressait la forêt de pins qui lui avait donné son nom.

Lee sortit la brochure.

« D'après le plan, le circuit devrait être sur notre gauche. »

Il leva la tête pour tenter de le repérer.

« Là ! » fit Marc en pointant un doigt vers le flanc de la montagne.

Deux surfeurs descendaient. Lee retint son souffle en les apercevant. Même à cette distance, il était visible qu'ils se déplaçaient à une vitesse phénoménale. Un frisson d'excitation lui parcourut le dos. Il suivit d'un regard avide le premier des deux surfeurs qui virait abruptement et prenait une rampe. Le skieur s'envola dans les airs, s'inclina en avant pour attraper le rebord de sa planche et tourna sur lui-même avant d'exécuter un atterrissage parfait.

« Tu n'espères quand même pas que je fasse ça, commenta Tom en riant.

— Pas tout à fait », plaisanta Lee.

« En ce qui me concerne, ce ne sera l'affaire que d'une semaine », songea-t-il.

Devant eux, la route décrivait un lacet. Le chauffeur ralentit. Passé le tournant, ils aperçurent alors un camion immobilisé au milieu du passage. Surpris, le chauffeur enfonça la pédale de frein, projetant les passagers en avant. Lee ouvrit des yeux horrifiés. Le bus ne s'arrêterait jamais à temps. Virant brutalement pour éviter le choc, il dérapa et se dirigea vers des rochers en bordure de route.

« Accrochez-vous ! » cria Lee en se cramponnant à son siège en prévision de l'impact.

La grande masse métallique heurta la roche dans une violente secousse qui envoya Lee à plat ventre dans l'allée. Tom et Marc furent projetés contre les dossiers qui leur faisaient face. Un bruit assourdissant déchira l'air et des étincelles s'envolèrent tandis que la pierre s'enfonçait dans le métal. L'une des deux jeunes femmes cria. Le bus oscilla un instant sur place avant de revenir brutalement sur la route où il s'immobilisa en vibrant.

« Tout le monde va bien ? » demanda le chauffeur.

Lee se redressa en tremblant et brossa prudemment ses cheveux pour en faire tomber des morceaux de verre.

« Ça va ? s'enquit Tom en lui tendant une main pour l'aider à se relever.

— Oui, je crois. »

Lee se tâta le front et sentit grossir une légère bosse. Il n'y avait pas lieu de s'inquiéter.

« Et vous deux, vous n'avez rien ?

— Non. Juste un peu secoué, dit Tom.

— Ça va », assura Marc.

Lee promena son regard à l'intérieur du bus. Les deux jeunes femmes et l'homme à la barbe étaient pâles comme la mort, mais paraissaient indemnes. Deux fenêtres s'étaient brisées et la plupart des sièges vides étaient couverts d'éclats de verre.

« Heureusement qu'il n'y avait pas plus de monde dans le bus, observa Tom en se laissant aller dans son siège.

— Le chauffeur du camion est complètement fou de s'être arrêté là, dit Marc avec colère. On aurait pu se tuer. »

Il ramassa les planches qui avaient glissé sous les sièges.

« J'espère qu'elles n'ont pas été abîmées. »

Il les examina soigneusement et parut soulagé de voir qu'elles étaient intactes.

Lee appuya sa planche en équilibre contre le dossier d'un siège et se leva.

« Je vais dehors respirer un peu d'air frais. »

Ses genoux tremblaient encore et il espérait qu'une petite marche lui calmerait les nerfs.

Il descendit sur la route et entendit les bruits d'une altercation à l'arrière du bus. Le chauffeur se disputait avec un homme jouflu en salopette bleue.

Ses deux amis le rejoignirent.

« Qu'est-ce qu'ils disent ? demanda Tom à Marc.

— Le type dit que son camion est tombé en panne, traduisit Marc, et qu'à son avis le bus roulait trop vite.

— Regarde dans quel état il est », dit Lee en désignant le véhicule endommagé.

Sur le côté gauche, qui avait reçu l'impact, la carrosserie était enfoncée et déchirée sur presque toute sa longueur. Ce bus-là ne roulerait plus jamais.

Finalement, le chauffeur se détourna de son interlocuteur avec impatience, et fit signe aux garçons de regagner le bus. Puis, il sortit un téléphone portable de sa veste et composa un numéro.

« Le bus est probablement trop mal en point pour continuer, remarqua Tom.

— Ils vont peut-être en faire venir un autre, dit Lee. J'espère qu'ils vont se dépêcher. »

Il se sentait mieux à présent et impatient de rejoindre le Val des Pins.

Le chauffeur rangea son portable dans sa poche et se tourna vers les passagers.

« Je ne parle pas très bien l'anglais, dit-il en guise d'excuse. Quelqu'un peut-il traduire pour moi ?

— Moi », dit l'une des monitrices en le rejoignant à l'avant du bus.

Le chauffeur expliqua la situation à ses passagers.

« Il est désolé pour l'accident, traduisit la jeune femme. Le bus n'est pas en état de reprendre la route. Sa compagnie va envoyer un autre véhicule de Chambeau, mais cela prendra environ une demi-heure. De toute façon, il ne pourra pas nous emmener au Val des Pins à cause des deux véhicules accidentés qui bloquent la route. Il semblerait qu'une dépanneuse ait été envoyée de Val Thorens, mais elle ne sera pas là avant un bon bout de temps. »

Lee grogna.

« La barbe ! s'exclama-t-il en s'avachissant dans son siège. On aurait mieux fait de rester à Chambeau.

— Ce n'est pas très grave. De toute façon, on n'aurait pas pu faire ce circuit, il est trop difficile. »

Lee leva les yeux vers la montagne.

« On est tout près. On pourrait peut-être y aller à pied. »

Marc fit un geste de dénégation.

« Ça monte tout le temps.

— On est plus près du village, observa Tom. Pourquoi est-ce qu'on ne marche pas jusque là-bas ? Ensuite, on prendra le téléphérique. Regarde, il y en a un qui monte. Il va directement au circuit.

— Bonne idée », acquiesça Marc.

Lee secoua obstinément la tête.

« Ça sera plus long, et puis il y aura sûrement la queue. Il vaut mieux y aller à pied. »

Il saisit la main de Tom et le força à se lever.

« Allez, viens.

— Ce sera sans moi, dit Marc. Je n'ai pas envie de marcher. Je vais prendre le téléphérique au village et on se retrouve là-haut.

— Et comment est-ce qu'on rentrera à Chambeau ? demanda Tom, inquiet.

— C'est simple, on redescendra au Val des Pins en téléphérique et de là, on prendra un bus. »

Lee attrapa sa planche et marcha avec précaution sur les morceaux de verre brisé en direction de la porte.

Tom et Marc lui emboîtèrent le pas.

« D'accord. N'empêche que tu es complètement fou, dit Tom. Moi, je préférerais monter en téléphérique. »

Une fois dehors, Lee leva les yeux vers le ciel. Il avait promis à Jeff de ne pas y aller s'il faisait mauvais et le temps était radieux.

« On dirait qu'il va continuer à faire beau,

dit-il en jetant un coup d'œil aux deux autres. Qu'est-ce que vous en dites ? »

Marc approuva d'un signe de tête.

« Il ne neigera pas aujourd'hui, à mon avis. »

Il partit en direction du village.

« À tout à l'heure.

— Tom et moi, on y sera les premiers ! » lança Lee avant de commencer à gravir la pente.

Chapitre 5

Demi-tour

La montée jusqu'au circuit du Val des Pins se révéla plus compliquée qu'elle ne l'avait paru depuis la route. Tom et Lee étaient sans cesse contraints de contourner les infranchissables pics rocheux qui pavaient leur chemin et la neige profonde rendait leur progression difficile.

« Ça va prendre des siècles, se plaignit Tom, hors d'haleine après une demi-heure de marche. On aurait dû aller au village avec Marc et prendre le téléphérique. »

Lee s'arrêta pour reprendre son souffle. La montée lui avait donné chaud. Il ouvrit la fermeture Éclair de sa doudoune, rangea son bonnet dans sa poche, et se retourna pour regarder en bas de la montagne. Le chauffeur, dans son uniforme sombre, faisait les cent pas à côté du bus.

« Viens, Tom, dit-il. On n'y arrivera jamais à ce rythme-là. »

Il se remit en marche en direction du téléphérique. Tom le suivit d'un pas traînant.

Après une minute ou deux, Lee s'immobilisa de nouveau.

« Regarde, ça descend ici, lança-t-il à Tom avec excitation en examinant la pente douce qui commençait à leurs pieds. On peut mettre nos planches. »

Tom hocha énergiquement la tête.

« C'est exactement ce qu'il nous faut après ce qu'on vient de vivre.

— En prenant suffisamment de vitesse, on peut atteindre la prochaine montée, dit Lee. Et on devrait pouvoir faire quelques sauts au passage.

— Le premier arrivé, le défia Tom en se jetant dans la pente.

— Chiche ! »

Lee se lança derrière lui en maintenant le nez de sa planche face à la pente. Il eut tôt fait de dépasser Tom qui suivait de prudentes diagonales.

La descente fut un délice. Lee y mit toute son adresse en se servant de ses bras pour garder son équilibre. À deux reprises, il bondit par-dessus une bosse légère avant de se rétablir en douceur. Il atteignit finalement le bas d'une nouvelle pente ascendante qu'il remonta sur quelques mètres avant de s'immobiliser.

Tom le suivait de près.

« Dépêche-toi, lui lança Lee en riant. Ça fait des heures que je suis là. »

Tom s'arrêta juste au-dessous de lui.

« Ne dis pas n'importe quoi ! J'ai bien failli te rattraper. »

Lee leva les yeux vers la montagne à la recherche du terminus du téléphérique et remarqua aussitôt les gros nuages noirs qui s'amoncelaient au-dessus d'eux.

« Zut ! Regarde le ciel », s'exclama-t-il.

Tom fit la grimace.

« Ça, c'est de la neige en prévision. On ne va pas y échapper. »

Son regard redescendit la montagne.

« On devrait peut-être rebrousser chemin. »

Lee jeta un coup d'œil à sa montre. Ils marchaient depuis presque une heure.

« Le bus de remplacement sera parti depuis longtemps quand on arrivera en bas, observa-t-il. Ça veut dire qu'il faudra encore marcher jusqu'au Val des Pins.

— Il vaut mieux rejoindre l'arrêt du téléphérique, dans ce cas, dit Tom. De là, on redescendra au village s'il fait mauvais. »

Ils reprirent leur route, avançant aussi vite que la neige profonde le leur permettait.

Soudain Tom plongea dans une congère et laissa échapper sa planche. Lee se jeta en avant pour la rattraper, mais il ne fut pas assez rapide. La planche dévalait la montagne. Tom se démena dans tous les sens et parvint à s'extirper de la neige gelée qui le retenait.

« Il faut que je la récupère ! gémit-il. Mon père va me tuer si je la perds. »

Il se mit à courir le long de la pente, se débattant dans la poudreuse.

« Attends, j'y vais », lui dit Lee.

Il attacha sa planche à la hâte et s'élança. La pente était raide à cet endroit, bien plus que toutes celles que Lee avait pratiquées jusque-là. Il savait qu'il devait exécuter ses virages avec douceur pour éviter la chute. Avec une telle pente, il n'était pas certain de pouvoir stopper une glissade. Mais en allant trop lentement, il ne rattraperait jamais la planche qui filait devant lui.

« Fais attention », lui cria Tom en le regardant s'éloigner.

Lee s'efforçait d'anticiper du mieux qu'il pouvait, choisissant l'itinéraire le moins accidenté. Il sentait son cœur battre la chamade sans savoir si c'était de peur ou d'excitation. Quelle sensation incroyable de se trouver en hors-piste, sans barrières ni limites, avec son seul instinct pour s'orienter. Pas étonnant que ce genre de discipline ait autant de succès.

Lee ne prêtait pas attention au vent glacial qui lui pinçait le visage. Il descendait dans la plus grande concentration, s'efforçant d'exécuter parfaitement ses virages, sans perdre de vue la petite tache bleue qui voyageait devant lui sur la neige brillante.

Une large corniche se dessinait un peu en contrebas. Achevant un virage, il fit doucement pivoter le nez de sa planche et avança parallèlement au surplomb, une dizaine de mètres au-dessus.

« Je vais devoir sauter », dit-il à voix haute comme pour s'en convaincre.

Il tourna les épaules, entraînant dans sa rotation le nez de sa planche qui vint se placer face à la pente. Il donna une légère impulsion des jambes et glissa vers la corniche à une vitesse qui le déconcerta. À quelques mètres du vide, il déploya ses bras et prit une longue inspiration. Brusquement, il se sentit décoller. Pendant un instant, il sembla suspendu dans les airs. Puis, dans un claquement sourd, il retrouva la terre.

Il projeta ses bras à l'horizontale et joua des jambes pour conserver son équilibre. Pendant une poignée de secondes, il se vit tomber et rouler dans la neige jusqu'au bas de la montagne. Puis, retrouvant finalement une position stable, il ralentit pour essayer de repérer la planche de Tom. Il l'aperçut au loin qui continuait de glisser en direction d'un fourré enneigé. Sans attendre, il s'élança derrière elle.

Quand il eut atteint les buissons, il vit avec soulagement que la planche était bloquée. Il s'assit et, sans perdre de temps, détacha sa propre planche, tout en levant la tête vers la montagne. Il n'eut pas de mal à repérer la petite silhouette de Tom. Lee sourit de satisfaction : il avait parcouru toute cette distance sans tomber une seule fois. Il perdit vite son sourire, en songeant à la longue remontée qui l'attendait.

Il dégagea la planche de Tom des buissons et l'examina. Elle portait juste quelques éraflures sur le dessous et la tranche, mais les dégâts restaient superficiels. Il la hissa au-dessus de sa tête pour signaler à Tom qu'elle était intacte. Tom leva les pouces en guise de réponse.

Lee prit une planche sous chaque bras et entama la longue remontée jusqu'à son ami.

Il n'avait pas fait dix mètres qu'il se mit à neiger doucement. Il plissa les yeux vers le haut et chercha Tom afin de fixer sa direction au cas où la neige devrait s'intensifier et lui masquer la vue. Il l'aperçut qui descendait vers lui d'un pas prudent.

Quelques minutes plus tard, la neige redoubla et le vent se leva, poussant violemment les flocons d'un côté et de l'autre. Rapidement, Tom s'évanouit derrière un rideau blanc.

« Pas de problème, je connais la direction à suivre », prononça Lee tout haut pour se rassurer.

Il déglutit, s'efforçant de faire disparaître le nœud d'anxiété qui s'était formé dans sa gorge. Tout ce qu'il avait à faire, c'était garder le même cap : il finirait tôt ou tard par croiser Tom. Mais marcher selon une ligne droite dans une neige aussi profonde et sans visibilité tenait de l'exploit. Sans compter que les deux planches ne lui facilitaient pas la tâche.

Lee hésita à appeler. La voix de Tom, s'il répondait, lui permettrait de s'orienter. Mais dans cette neige fraîche et sur une pente aussi raide, c'était dangereux : n'importe quel bruit soudain pouvait déclencher une avalanche. Il frissonna en se souvenant des images de dévastation qu'il avait vues la veille à la télévision.

Chassant ses idées noires, il accéléra le pas. La neige, plus drue encore, lui mordait le visage. Il n'y prêtait pas attention, pas plus qu'il ne se souciait de ses genoux douloureux et de son souffle rauque. Il n'était pas question de s'arrêter. Une seule chose importait : retrouver Tom au plus vite.

Il était assailli de doutes. Et s'il ne le retrouvait pas ? S'il passait près de lui sans le voir ? Il avait beau faire jour, il n'aimait guère l'idée d'être séparé de Tom sur cette montagne isolée.

Il essuya la neige collée à ses lunettes et pressa le pas, repoussant ses pensées négatives. Il regrettait tellement d'avoir eu cette idée stupide de rejoindre le circuit de surf à pied. Il s'efforçait de rester optimiste, se répétant que chaque pas le rapprochait de Tom. Quand ils seraient à nouveau réunis, ils chercheraient la station de téléphérique. Lee songea avec envie au restaurant qu'ils trouveraient en haut, au chocolat chaud qu'ils boiraient près d'un feu de cheminée.

Le vent tomba un bref instant. Lee plissa les yeux vers le haut pour essayer de repérer quelque chose de familier qui lui indiquerait sa position. C'est alors qu'il la vit... une forme sombre... une forme humaine ! L'espoir lui gonfla la poitrine. C'était forcément Tom. Personne d'autre ne serait assez fou pour se promener tout seul sur cette montagne par un temps pareil.

Poussé par une énergie nouvelle, Lee prit aussitôt la direction de la silhouette. Le vent revint, lui bloquant à nouveau la vue, mais Lee savait où il allait à présent.

En se rapprochant, il appela doucement :

« Tom, c'est toi ?

— Lee ! Je suis là ! »

Lee franchit en courant les derniers mètres qui le séparaient de Tom. L'adolescent se tenait dans l'abri d'un surplomb rocheux et paraissait gelé.

« J'avais peur de passer à côté de toi sans te voir, fit Lee, le visage fendu d'un immense sourire.

— Moi aussi. Je t'ai cherché partout.

— On ferait bien de partir, suggéra Lee. Je rêve d'une boisson chaude. »

D'un pas fatigué, ils se remirent en route.

« Tu crois qu'on va réussir à trouver la station de téléphérique ? interrogea Tom. On ne voit déjà plus rien et j'ai l'impression que ça va empirer. »

Ses paroles faisaient écho aux propres inquiétudes de Lee, mais celui-ci chassa ses doutes d'un haussement d'épaules.

« On a bien réussi à se retrouver tous les deux. Une station de téléphérique, ça devrait être un jeu d'enfant, non ? »

Mais Lee se trompait. Ils marchèrent longtemps, aveuglés par la neige qui leur fouettait le visage. Par endroits, des rochers leur coupaient la route, les obligeant à faire de longs détours pour les contourner.

Finalement, Tom s'arrêta.

« À mon avis, on est allé trop loin, dit-il. On a dû la manquer. »

Lee stoppa près de lui. Il lui semblait marcher depuis des heures. Il retroussa le poignet de son gant et regarda sa montre.

« Il est quatorze heures trente », annonça-t-il, incrédule.

Ils avaient quitté le bus plus de trois heures auparavant.

« Je le savais, gémit Tom. On est allé trop loin. »

Il se laissa tomber dans la neige.

Lee s'assit à côté de lui, ravi de cette occasion de reposer ses jambes fatiguées.

« Qu'est-ce qu'on va faire ? » demanda Tom d'une voix où transparaissait la panique.

Lee s'efforçait de réfléchir de façon logique. En admettant qu'ils aient manqué le terminus du téléphérique, il n'y avait aucune raison de céder à la panique. Certes, la situation n'était pas très facile, mais ils avaient encore quelques heures devant eux, avant la tombée de la nuit. Ils ne couraient donc aucun danger réel.

« On ne sait même pas dans quelle direction il faut aller, insista Tom de plus en plus inquiet.

— Peut-être qu'on aurait intérêt à retourner sur

la route, suggéra Lee. De là, on pourra marcher jusqu'au village ou se réfugier dans le bus, ça dépendra du temps.

— Comment on va la retrouver, la route ? On n'y voit rien.

— En marchant toujours vers le bas, on finira forcément par tomber dessus. »

Lee ouvrit son sac à dos. Il en sortit la bouteille d'eau et la barre chocolatée dont il offrit la moitié à Tom.

« Tiens. Mange ça. Ensuite, on repartira. »

Ils mangèrent le chocolat et avalèrent l'eau de la bouteille en silence.

Lee se leva.

« Allons-y, dit-il en s'efforçant de trouver un moyen d'égayer l'atmosphère sinistre qui s'était abattue sur eux. Ça va être plus facile, maintenant. Ça descend tout du long. »

Chapitre 6

Précipices

Ils marchaient depuis une vingtaine de minutes quand la tempête de neige faiblit un peu.

« Génial, commenta Lee, on va enfin y voir quelque chose. »

Il posa sa planche sur le sol et entreprit de l'attacher.

« Ne me dis pas que tu veux descendre en planche, fit Tom.

— Ça nous évitera de marcher, et puis ça ira plus vite.

— Mais c'est très raide à certains endroits !

— On dérapera dans les passages les plus difficiles. Au pire, on déchaussera. »

Tom fit la moue.

« Et suppose qu'on tombe.

— On ira lentement. Ne t'inquiète pas, ça va bien se passer. »

Lee en avait assez de marcher. La neige était si molle que leurs pieds s'enfonçaient dedans et chaque pas demandait un effort. En outre, il était pressé de quitter cet endroit, le temps pouvait encore se dégrader.

« Moi, je ne descends pas en planche, martela Tom.

— Ne sois pas stupide. »

L'exaspération de Lee grandissait.

« On sera plus vite en bas, comme ça.

— Ce n'est pas moi qui suis stupide, rétorqua Tom sèchement. Tu sais très bien que je ne suis pas aussi bon que toi. Je vais tomber tous les deux mètres et, avec un peu de chance, je vais m'écraser contre un rocher. »

Lee remarqua sa pâleur et se rendit compte qu'il avait peur.

« Écoute, c'est toi qui fixeras l'allure. J'irai aussi lentement que tu le désires. Et, dans les passages difficiles, on laissera les planches. »

La mauvaise humeur de Tom diminua un peu.

« Regarde, ce passage a l'air facile, reprit Lee en désignant la faible pente qui descendait devant eux. En tout cas, ce n'est sûrement pas plus difficile qu'une piste verte. »

Tom hocha timidement la tête.

« Oui...

— Donc on peut la descendre en planche.

— D'accord, mais ça ne veut pas dire que je descendrai jusqu'à la route.

— O.K. »

Lee se leva. En sautillant, il fit pivoter sa planche et attendit avec impatience que Tom eût terminé d'attacher la sienne.

« Allons-y, dit-il quand Tom fut prêt. Tu veux passer devant ?

— Non, vas-y, toi. Mais pas trop vite, hein ? »

Lee laissa aller sa planche en travers de la pente, selon une diagonale que Tom n'aurait pas de mal à suivre et où il lui serait facile de freiner en cas de problème.

Peu à peu, la pente s'accentua et, çà et là, des rochers émergèrent de la neige. Lee jeta un coup d'œil en arrière en se demandant s'il devait s'arrêter. Tom semblait se débrouiller. Il était juste derrière lui et s'inclinait dans les virages comme un vrai professionnel, contournant les blocs de pierre avec aisance.

« Ça va, Tom ? s'enquit Lee.

— Ça va », répondit simplement Tom.

Lee continua, content de progresser aussi bien. À ce rythme-là, ils auraient quitté la montagne rapidement. Cette idée l'encouragea. Ils seraient peut-être même de retour à Chambeau avant que Jeff ne soit rentré. Ainsi, son frère ne saurait rien du désastre qu'avait été cette journée.

Tout à coup, la planche de Lee heurta un rocher caché sous la neige. Déséquilibré par le choc, il allongea les bras et se pencha en avant

71

pour rester debout, mais cette fois il bascula la tête la première et fit deux culbutes avant de dévaler la pente sur le ventre. Il enfonça ses deux mains dans la neige et plaqua sa planche sur le sol pour stopper sa chute. En vain.

Il entendit Tom crier son nom. Pas le temps de répondre. Il devait concentrer tous ses efforts pour s'arrêter de glisser. Il connaissait les dangers du hors-piste. Il pouvait rencontrer n'importe quoi — un rocher, un arbre... un précipice.

Sa planche cogna contre une autre pierre et fit un bond qui le secoua brutalement. Un instant plus tard, le sol s'ouvrit au-dessous de lui. Il agrippa vainement la neige autour de lui pour stopper sa chute, terrifié à l'idée qu'il sombrait peut-être dans une crevasse. Le fond pouvait se trouver des centaines de mètres plus bas.

Ses genoux heurtèrent soudain quelque chose de dur qui l'immobilisa d'un coup sec. Il retira la neige collée à son visage et attendit quelques instants de retrouver son souffle. Il avait mal partout et son cœur bondissait furieusement dans sa poitrine. Il ouvrit les yeux et leva légèrement la tête pour essayer de déterminer où il était. Le halo bleuté qui l'entourait l'informa seulement qu'il était enfoui sous la neige. Tout danger n'était pas écarté. S'il se trouvait effectivement dans une crevasse, il pouvait avoir atterri sur une corniche, et le moindre mouvement risquait de l'envoyer à la mort.

Il ne pouvait pourtant pas rester là. Il était

entièrement recouvert par la neige, ce qui signifiait que Tom n'avait aucune chance de le retrouver. Il prit une profonde inspiration pour ne pas céder à la panique. S'il voulait sortir de là, il ne devait compter que sur lui-même.

D'un geste lent, il retira son gant avec précaution et tâtonna au-dessous de lui la surface qui l'avait arrêté. Si c'était de l'herbe, il était dans une congère. Si, au contraire, c'était de la roche, alors il avait de fortes chances d'être tombé dans une crevasse.

« Faites que ce soit de l'herbe », pria-t-il.

Ses doigts rencontrèrent de minces bâtonnets pointus. Il appuya et sentit les petits piquants ployer sous la pression de sa main. L'espoir lui comprima la poitrine. C'était de l'herbe ! Des brins d'herbe raidis par le gel. Il était dans une congère !

Soulagé et fébrile, il se mit à genoux, releva la tête et creva la surface de la neige.

Contre lui, se dressait le flanc escarpé d'un rocher aussi large que haut ; cela expliquait la présence d'une congère à cet endroit. Tom se trouvait quelques mètres plus haut, les traits tirés par l'inquiétude.

« Lee ! cria-t-il en l'apercevant. Tu vas bien ?

— Ça ira mieux quand je serai sorti d'ici. »

Lee étendit les bras devant lui, cherchant une prise, mais il ne trouva que la neige.

« Je vais te tirer, dit Tom.

— Ne t'approche pas trop près, l'avertit Lee. On n'aura pas l'air malin si tu tombes aussi. »

Il remarqua sur sa gauche son bonnet à demi enfoui dans la neige. Il l'attrapa, le secoua et l'enfila. Son contact était froid et mouillé.

Tom s'allongea sur le ventre en répartissant son poids au maximum pour éviter de s'enfoncer. Il rampa doucement vers Lee et lui tendit une main.

« Attends, je vais te passer ma planche d'abord. »

Lee la sortit de la congère et la fit glisser vers son ami.

« Attrape la lanière, dit Tom. Ce sera plus facile pour te tirer. »

Lee enroula le filin autour de son poignet. Tom fit de même avec la seconde lanière et se tortilla vers l'arrière en entraînant la planche avec lui. Lee se sentit bouger légèrement et donna des coups de pied pour accélérer le mouvement. Il se retrouva bientôt à plat ventre dans la neige et resta immobile quelques instants, le souffle haletant.

« Ne reste pas là », fit Tom.

Lee rampa doucement vers lui, puis se leva prudemment. Une fois debout, il s'enfonça jusqu'aux genoux.

« C'est déjà mieux », dit-il.

D'un geste de la main, il balaya la neige restée à l'intérieur du col de son blouson.

« Je suis frigorifié, se plaignit-il. Espérons que ce ne sera plus très loin. »

Il s'assit et gratta la neige prise dans les fixations de sa planche.

« Qu'est-ce que tu fais ? demanda vivement Tom.

— Je ne peux pas enfiler mes pieds si les fixations sont pleines de neige.

— Tu ne vas pas recommencer ? ! Écoute, Lee, tu peux t'estimer heureux d'être tombé dans une congère. La prochaine fois, tu n'auras peut-être pas autant de chance.

— J'ai heurté ce rocher parce que je ne faisais pas suffisamment attention, rétorqua Lee. À partir de maintenant, je me tiendrai à distance de toutes les bosses douteuses.

— Alors, ce sera sans moi », dit Tom d'un ton sans réplique.

Lee se tourna vers le bas de la montagne. Il voulait savoir la distance qu'il leur restait à parcourir avant d'atteindre la route. Il commençait à trouver le temps long et n'aimait guère l'idée de se trouver là quand il ferait noir. La neige continuait de tomber et la visibilité était faible. Il consulta sa montre. Il était presque seize heures.

« La nuit va bientôt tomber, dit-il. Il faut se dépêcher.

— Eh bien, allons-y, dans ce cas », fit Tom en se mettant en route, le dos raidi par la détermination.

Lee lui emboîta le pas.

« Tom, on ira plus vite avec les planches.

— Non. »

Tom continuait de marcher.

« Tom.

— J'ai dit non. »

La neige se mit à tomber de plus belle. Lee se tut. Tom avait raison : on ne pouvait pas faire de surf par un temps pareil.

Il commençait à faire sombre, la tempête de neige avait repris, et les garçons n'avaient toujours pas trouvé la route. Trop fatigués pour parler, ils marchaient d'un pas lourd, la tête baissée.

Brusquement, Lee s'immobilisa. Devant eux s'ouvrait un précipice.

« Qu'est-ce qu'il y a ? cria Tom pour couvrir les hurlements du vent.

— Je crois qu'on est au bord d'un précipice. »

Lee s'accroupit pour examiner la configuration des lieux. Le sol disparaissait de façon abrupte. Il frissonna. S'il ne l'avait pas vu, ils auraient basculé dans le vide.

« Qu'est-ce qu'on va faire ? demanda Tom d'une voix angoissée.

— On n'a pas le choix, il faut rebrousser chemin. »

Le cœur de Lee se serra. Malgré leur fatigue, ils allaient devoir remonter la pente et trouver un autre passage.

« Il va falloir être très prudent, ajouta-t-il.

— On est perdus, n'est-ce pas ? » fit Tom d'une voix aiguë tandis qu'ils repartaient.

Lee avala la boule qui grossissait dans sa

gorge. Il savait depuis plus d'une heure à présent qu'ils s'étaient égarés, mais le fait de l'entendre dire le ramena brutalement à la réalité. Ils étaient perdus dans une montagne au milieu d'une tempête et la nuit serait là d'une minute à l'autre.

Lee se sentit faiblir. Dans des situations comme celle-ci, les gens mouraient. Vaincus par la fatigue, ils s'étendaient dans la neige et succombaient au froid.

« Mais ça ne nous arrivera pas », songea Lee avec fureur, luttant contre sa propre peur.

Tom et lui continueraient à se battre jusqu'à ce qu'ils soient en sécurité.

« Par où, maintenant ? » interrogea Tom.

Lee haussa les épaules. Ça n'avait vraiment aucune importance qu'ils tournent à droite ou à gauche. Dans un cas comme dans l'autre, ils n'avaient aucun moyen de savoir où cela les mènerait.

« Allons à gauche », suggéra-t-il, ignorant la voix intérieure qui refusait de le laisser en paix et lui répétait que tout cela était uniquement de sa faute.

Ils prirent à gauche et longèrent le flanc d'un rocher.

« Ça va aller mieux, maintenant, fit Lee pour leur redonner du courage. On va pouvoir accélérer un peu.

— On essaie de redescendre ? proposa Tom.

— Oui. Peut-être que la route est juste au-dessous de nous. »

Le sol descendait de façon abrupte, mais il était impossible de voir si cette voie conduisait ou non à la route. Lee savait que les risques étaient grands de déclencher une avalanche sur une pente semblable, mais ils n'avaient guère le choix. Ils devaient quitter cette montagne par le chemin le plus rapide et ce avant que la lumière ne disparaisse complètement.

Ils se mirent en route, surveillant attentivement leurs pas pour ne pas risquer de tomber. Ils allaient face au vent à présent et la neige qui leur fouettait cruellement le visage s'accrochait à leur cils, alourdissant leurs paupières fatiguées. Lee luttait contre l'envie de dormir. Il était si las... quel soulagement ce serait de s'allonger et de s'assoupir un moment...

La main de Tom sur son bras le ramena brutalement à la réalité.

« C'est de plus en plus pentu, Lee. On ferait mieux de tracer des diagonales, sinon c'est la chute assurée.

— D'accord », acquiesça Lee.

Tom prit la tête. Ils obliquèrent à pas lents, hissant avec peine leurs pieds au-dessus de la neige poudreuse.

Tout à coup, Tom trébucha sur une pierre dissimulée par la neige et bascula avec un cri de douleur. Sa planche lui glissa des mains et disparut dans la pente.

Avant que Lee ait eu le temps de réagir, Tom roulait à son tour sur les traces de sa planche.

« Lee ! cria-t-il. Au secours ! »

Lee crut que son cœur s'arrêtait de battre. Ni lui ni Tom n'était en mesure de dire ce qui se trouvait plus bas. Il devait au plus vite rattraper son ami et stopper sa chute. Sans plus réfléchir, il jeta sa planche à terre et glissa ses pieds à l'intérieur des fixations qu'il ferma à la hâte.

Il s'élança dans la direction où Tom avait disparu en se laissant guider par les traces de son passage dans la neige. Le cœur battant, le nez de sa planche au plus près de la pente, il descendait aussi vite qu'il s'en sentait capable. La sueur lui coulait le long du dos. Ses mains devenaient moites à l'intérieur de ses gants. Avec une hargne et une concentration qu'il ne se connaissait pas, il se penchait d'avant en arrière, faisait pivoter son buste et fléchissait les genoux dans une succession de virages serrés.

Il gagnait du terrain et distingua bientôt la silhouette de Tom contre la lumière du crépuscule. Le garçon avait cessé de rouler sur lui-même, mais il continuait de glisser, pressant furieusement ses bras et ses jambes contre la neige pour s'arrêter.

Redoublant d'efforts, Lee parvint finalement à se rapprocher de lui. Il tendit un bras vers son ami, s'arc-boutant solidement sur ses jambes pour éviter d'être déséquilibré.

« Tom, donne-moi la main. »

Tom obéit. Lee lui saisit le poignet et tira vers l'arrière en freinant de toutes ses forces. La planche ralentit. S'il réussissait maintenant à revenir en travers de la pente, la partie était gagnée.

Lee leva soudain les yeux et sentit son sang se glacer. À quelques mètres d'eux, la pente prenait fin, disparaissant dans un nouvel abîme.

Tom poussa un hurlement de panique.

« Mon gant ! »

Un seconde plus tard, il échappait à l'étreinte de Lee, ne laissant derrière lui que son gant vide. Déséquilibré par ce brusque changement de charge, Lee partit brutalement en arrière et glissa sur le dos. Il appliqua violemment la queue de sa planche dans la neige et dérapa sur quelques mètres avant de s'arrêter.

Mais Tom, lui, continuait de glisser.

Lee le regarda avec impuissance descendre vers le précipice et basculer par-dessus.

Chapitre 7

Tom est blessé

La chute de Tom semblait avoir changé Lee en pierre. Immobile, il regardait le bord de l'abîme, le cerveau comme engourdi par le choc.

Ses yeux s'emplirent de larmes qu'il chassa aussitôt avec un geste de colère. Pleurer ne servirait à rien. Il se hissa sur ses jambes en tremblant et dérapa lentement jusqu'au précipice, terrifié à l'idée de ce qu'il allait y découvrir.

Parvenu près du bord, il prit une longue inspiration et se força à regarder par-dessus. Tom était étendu sur le dos environ quatre mètres plus bas. Il ne bougeait pas.

« Tom ! cria Lee avec désespoir, sans plus se

soucier des risques d'avalanche. Tom, tu vas bien ? »

Il dégagea vivement ses pieds de sa planche qu'il laissa partir sans lui accorder un regard. Une seule chose comptait : rejoindre Tom au plus vite.

Il n'y avait aucun moyen visible de descendre. Lee se tenait au bord d'un à-pic dépourvu du moindre rebord ou de la moindre pierre où poser les pieds. Il courut vers la droite en cherchant un passage. Il n'y avait rien !

Il fit demi-tour, jetant au passage un bref coup d'œil à Tom. Il n'avait toujours pas bougé. Lee continua le long de l'à-pic et nota que celui-ci s'élevait, augmentant la distance qui le séparait de son ami. Il rebroussa chemin.

Tom était toujours dans la même position et Lee remarqua que la neige commençait à blanchir ses vêtements. Son cœur se serra. Il devait descendre coûte que coûte. Tom pouvait mourir d'hypothermie s'il restait trop longtemps immobile dans la neige glacée.

« Pourvu qu'il ne soit pas trop tard », songea Lee en frissonnant.

Il s'assit sur le rebord de l'à-pic et laissa pendre ses jambes dans le vide. Rassemblant tout son courage, il se prépara à sauter. C'était sa seule chance de rejoindre Tom. Il jeta un nouveau coup d'œil vers le bas : la distance était énorme. S'il se recevait mal, il pouvait se briser une jambe ou une cheville. Alors ils mourraient tous les deux.

Lee ravala sa peur. Il prit une longue inspiration, ferma les yeux et se jeta dans le vide. Il eut la sensation de tomber pendant une éternité, bien qu'il dût s'écouler moins d'une seconde avant qu'il ne touche le sol. Il roula sur lui-même et se releva aussitôt, envahi par l'immense soulagement d'être indemne. Il courut jusqu'à son ami.

« Tom ! »

Tom avait perdu son bonnet et ses lunettes et pleurait, les yeux plissés par la douleur. Lee eut un sursaut de peur en voyant la longue entaille qui lui barrait l'arcade sourcilière. Du sang lui coulait sur le visage et, sous sa tête, la neige était tachée de rouge.

« Non ! Non ! » gémit Lee.

Il sentit la panique le gagner et la repoussa sauvagement. Il retira son sac à dos, fouilla fiévreusement à l'intérieur et en sortit sa trousse de secours. Puis, se débarrassant de ses gants, il arracha le couvercle de la petite boîte en métal en bénissant sa mère d'avoir insisté pour qu'il l'emporte. Elle ne contenait pas grand-chose : quelques pansements adhésifs, une bande Velpeau, un rouleau de gaze, deux ou trois épingles de nourrice, une paire de ciseaux pliables et un mini-tube de crème antiseptique.

« J'ai mal à la tête, grogna Tom d'une voix faible.

— Je sais. Ne t'inquiète pas. Je vais t'arranger ça. »

Lee déplia les ciseaux et découpa un morceau de gaze qu'il enduisit de crème avant de l'appliquer sur la blessure de Tom. Le sang traversa immédiatement.

Lee prit une bande. Ses doigts tremblaient tellement qu'il n'arrivait pas à la sortir de son emballage. Il le déchira avec les dents, le jeta sur le côté, et enroula la bande autour du front de Tom. Il en épingla l'extrémité en priant pour que le sang s'arrête de couler.

« Comment te sens-tu, maintenant ? » interrogea Lee avec appréhension.

Tom ouvrit les yeux.

« Je n'irai pas plus loin », dit-il d'une voix où perçait son désespoir.

Une larme roula sur sa joue. Il l'essuya du revers de la main.

« Je ne peux plus marcher. Je suis trop fatigué.

— On va rester ici le temps que tu récupères. »

Lee s'efforçait de paraître sûr de lui, mais la peur faisait battre ses tempes. Ils allaient peut-être devoir passer la nuit ici, dans la montagne, sans rien pour s'abriter du vent ni de la neige. Quelles chances auraient-ils de survivre dans de telles conditions ?

Lee prit la main nue de Tom dans les siennes. Elle lui fit l'effet d'un bloc de glace. Il se dépêcha de la glisser dans son gant et en referma le velcro autour du poignet. Il savait que se maintenir au chaud était dorénavant la chose la plus importante.

Il ramassa le bonnet et les lunettes de son ami, retira la neige de son bonnet avant de le lui enfiler, puis il se leva.

« Je vais essayer de trouver un endroit à l'abri du vent », annonça-t-il.

Tom ne dit rien et Lee rejoignit le flanc de l'à-pic.

En cherchant le meilleur endroit pour s'installer, il trouva sa planche à moitié enfouie dans la neige. Plus tard, quand Tom serait à l'abri, il pourrait peut-être s'en servir pour descendre chercher du secours. Il jeta un rapide coup d'œil autour de lui pour vérifier que celle de Tom n'était pas dans les environs. Il n'en vit aucune trace.

Le vent soufflait aussi fort contre l'à-pic que n'importe où ailleurs, mais Lee constata qu'il offrirait un rempart efficace contre la neige. Il posa sa planche à plat sur le sol, près des rochers, puis la suréleva en tassant de la neige au-dessous. Tom pourrait s'y asseoir pendant qu'il réfléchirait à un moyen de les sortir de ce mauvais pas. Ainsi, il ne serait pas en contact avec la neige gelée.

Il retourna auprès de Tom. Son ami était assis, les genoux remontés contre sa poitrine, les bras enroulés autour. Il avait fermé les yeux. Il était pâle comme la mort et tremblait de tous ses membres.

« Il faut que tu te lèves, Tom », lui dit Lee.

Il l'aida à se hisser sur ses jambes, puis tous deux remontèrent lentement la pente.

« Assieds-toi sur ma planche, dit-il en l'aidant à s'installer sur le siège de fortune. Ça te tiendra au sec un petit moment. »

L'exercice semblait avoir un peu ranimé Tom.

« Lee, j'ai froid, articula-t-il entre deux claquements de dents. Tu sais, on devrait continuer jusqu'à la route. »

Lee secoua énergiquement la tête. Il était soulagé de voir son ami retrouver un peu d'énergie, mais n'oubliait pas qu'il était encore à peine capable de se tenir debout tout seul. Il ne fallait pas s'attendre à ce qu'il puisse marcher jusqu'à la route dans ces conditions.

« Pas tout de suite, répondit Lee en observant anxieusement Tom s'adosser contre les rochers et fermer les yeux. Tu vas mettre tes pieds dans mon sac à dos. Ça te réchauffera un peu. »

Lee avait lu sur Internet tout un topo sur les techniques de survie en montagne, sans savoir alors qu'il aurait un jour à les mettre en application. Il s'efforça de s'en remémorer d'autres passages et, subitement, il se rappela une chose. Mais oui, bien sûr ! Un trou dans la neige ! Certaines personnes avaient survécu en creusant un trou pour s'abriter.

Il attrapa prestement son sac à dos et souleva les pieds de Tom qu'il installa à l'intérieur. Ce dont il avait besoin à présent, c'était quelque chose qui maintînt Tom éveillé. Il savait que ce serait dangereux de le laisser s'endormir alors qu'il avait froid. Il sortit son sifflet de la poche de son sac à dos puis réfléchit un instant. En obligeant Tom à souffler dedans, il était certain de l'empêcher de s'assoupir. Mais d'un autre côté, le bruit risquait de déclencher une avalanche. Lee essaya d'évaluer les risques.

Finalement, il décida que le danger que Tom s'endorme était plus immédiat et il glissa l'objet entre les doigts de son ami.

« Souffle là-dedans et ne t'arrête pas. Comme ça, si quelqu'un l'entend, il saura nous retrouver. »

Ne voulant rien négliger, Lee retira sa doudoune et en recouvrit Tom.

« Qu'est-ce que tu fais ? s'écria Tom en la repoussant vivement. Tu en as besoin.

— Je vais creuser un trou pour nous faire un abri. Ma laine polaire me suffira largement. »

Lee s'agenouilla et se mit à l'ouvrage. Le vent glacial le fit rapidement frissonner dans sa veste trop mince.

L'obscurité descendait sur la montagne. Le paysage perdit lentement ses couleurs, revêtant une teinte grise et uniforme et, peu à peu, Lee ne discerna plus rien.

Il continuait pourtant de creuser, ramenant de pleines poignées de neige, fabriquant progressivement un trou assez profond pour les accueillir tous les deux. En travaillant, il parlait à Tom.

« Marc signalera notre disparition et ils enverront une équipe de secours. Ils sont peut-être même déjà partis à l'heure qu'il est. Surveille bien si tu ne les vois pas, hein ? Et continue de siffler. »

Le sifflet laissa échapper sa plainte stridente. Lee s'arrêta de creuser un instant pour écouter, terrifié à l'idée d'entendre le grondement d'une avalanche. Mais tout était calme, à l'exception des chuintements du vent à ses oreilles.

« Jeff est probablement en train de nous préparer un de ces ragoûts dont il a le secret, reprit Lee. Mieux vaut rester ici, finalement. »

Il se mit à rire, s'efforçant de maintenir le moral des troupes.

Tom ne l'imita pas.

« Ne t'endors pas, Tom, rappela Lee.

— Non, répliqua Tom d'une voix somnolente.

— Continue de surveiller si tu ne vois pas une lumière. Et continue de souffler dans ce sifflet. »

Lee creusa avec une ardeur renouvelée : ce terrier était peut-être la seule chance de survie de son ami.

Le trou était terminé. Lee s'assit sur ses talons, grimaçant sous la douleur de ses jambes gelées et contractées. Il faisait trop sombre à présent pour distinguer les aiguilles de sa montre, mais il lui semblait avoir creusé pendant des heures. Il se leva lentement et s'étira, remarquant pour la première fois que le vent était tombé. Un drôle de silence s'était abattu sur la montagne. La neige continuait de tomber, moins menaçante maintenant que les rafales avaient cessé.

« J'ai terminé, Tom », annonça Lee en remuant ses bras endoloris.

Il rejoignit son ami en se laissant guider par les râles réguliers du sifflet.

« Comment va ta tête ?

— Ça me lance. »

Il claquait toujours des dents, malgré le manteau qui le couvrait. Lee l'aida à se relever.

« Viens, ce trou va nous tenir chaud. »

Tandis qu'ils s'acheminaient vers leur terrier, Lee remarqua que Tom tremblait beaucoup et craignit qu'il ne souffre d'hypothermie. Il savait qu'on pouvait en mourir, mais que pouvait-il faire d'autre pour le réchauffer ?

Il l'aida à entrer par l'étroite ouverture, à se faufiler et à se coucher en chien de fusil. Quand Tom fut installé aussi confortablement que possible, il alla chercher sa planche.

Il était gelé jusqu'à la moelle des os à présent et remettre sa doudoune devenait impératif. Un accès de culpabilité l'assaillit : Tom aussi avait besoin de ce manteau. Lee finit par l'enfiler sans le fermer. Il se glissa à l'intérieur du terrier, juste assez grand pour les accueillir tous les deux, et cala sa planche en travers de l'ouverture pour empêcher la neige d'entrer. Il se retourna maladroitement dans l'obscurité du petit espace confiné, puis se pelotonna contre le dos de Tom en passant un pan de son manteau autour de lui. Il espérait que la chaleur de son corps le réchaufferait.

« Je suis désolé, Tom, dit-il.

— Ce n'est pas de ta faute. C'est juste pas de chance d'avoir eu un temps pareil.

— C'est de ma faute. Je n'aurais jamais dû insister pour qu'on y aille à pied. Si on avait rejoint le village avec Marc, on serait en sécurité et au chaud à l'heure qu'il est. »

Il songea avec envie au lit qui l'attendait chez eux.

« Je meurs de faim, dit Tom.

— Moi aussi. »

Cela faisait des heures qu'ils n'avaient rien mangé.

« Tiens, dit Lee. Finis l'eau. Il n'en reste pas beaucoup. »

Tom avala les dernières gorgées d'eau avec reconnaissance.

« Tu crois qu'on sera sauvés ? demanda Tom d'une voix chevrotante.

— Oui, martela Lee d'une voix ferme comme pour se convaincre lui-même. Demain matin, une équipe de secours nous rejoindra ici, tu verras. »

Mais demain serait peut-être trop tard. Ils devaient d'abord survivre à la longue nuit qui s'annonçait.

Chapitre 8

Une longue nuit

Cette nuit-là parut sans fin — la plus longue que Lee eût jamais connue. Et la plus froide aussi. Il était recroquevillé sur lui-même, les yeux ouverts, accroché à l'espoir qu'ils survivraient jusqu'au lendemain matin. Tom dormait à côté de lui. Il avait sombré rapidement dans le sommeil, et Lee avait vécu dans l'angoisse jusqu'au moment où il avait entendu ses premiers ronflements. Il était certain qu'on pouvait mourir en dormant dans la neige, mais il savait aussi que Tom avait besoin de se reposer. Sa chute et sa blessure l'avaient beaucoup secoué et, s'ils devaient se remettre en marche aux premières lueurs de l'aube, il fallait qu'il récupère.

Finalement, Lee décida de veiller sur Tom. Aussi longtemps qu'il l'entendrait ronfler, il n'aurait probablement pas de raison de s'inquiéter. Et si son souffle devenait faible ou irrégulier, il le réveillerait.

Recroquevillé dans l'alcôve de neige, il écoutait, à l'affût du moindre changement dans la respiration de Tom, à l'affût de voix, de coups de sifflet ou du vrombissement des pales d'un hélicoptère. Il se forçait à garder les yeux ouverts, fixant aveuglément l'obscurité. Il songeait à ce qui leur arrivait. Si seulement il n'avait pas tant insisté pour aller à ce circuit de surf... si seulement ils étaient restés à Chambeau ou avaient accompagné Marc jusqu'au village pour prendre le téléphérique... C'était de sa faute s'ils étaient là. Et ce serait de sa faute s'ils mouraient.

Ses yeux s'emplirent de larmes.

Dehors tout était silencieux. Le vent se leva à nouveau, poussant ses longues plaintes contre l'abri de neige. Lee avait froid — si froid qu'il en avait mal aux os. Chaque bouffée d'air glacé lui perçait la poitrine.

Finalement, alors que la nuit ne semblerait jamais finir, vaincu par la fatigue, Lee s'endormit.

Bien qu'il fît encore noir quand il s'éveilla, Lee sut immédiatement où il était. Il tendit vivement la main vers Tom en priant pour que rien ne soit arrivé. L'adolescent gémit dans son sommeil et ses ronflements reprirent. Lee eut un soupir de soulagement. Tom vivait !

La lumière du jour apparut, grise et morne, et s'infiltra lentement à l'intérieur du trou. Lee ne la remarqua pas tout de suite. Puis, distinguant soudain la courbe des épaules de Tom devant lui, il comprit que cette terrible nuit avait pris fin. Il s'assit en massant ses épaules et son cou raidis par le froid, puis déplaça la planche qui fermait l'entrée pour regarder dehors. Il n'avait pas cessé de neiger.

Il se retourna vers Tom. Peu importait le temps : aujourd'hui, ils quitteraient cette montagne. Il secoua doucement son ami par l'épaule en l'appelant par son nom.

Tom s'éveilla sans comprendre.

« Qu'est-ce qu'il y a ? marmonna-t-il.

— Rien. Le jour s'est levé. Comment va ta tête ? »

Tom passa la main sur son bandage en grimaçant.

« Elle me fait encore un peu mal.

— Il faut partir. Tu crois que tu pourras y arriver ? »

Tom se redressa en se frottant vigoureusement les bras.

« Ça ira une fois qu'on sera en route.

— Il y a probablement un bar qui nous attend à cinq minutes d'ici », dit Lee en se faufilant à l'extérieur.

« Du moins, je l'espère », ajouta-t-il mentalement, salivant déjà à l'idée du sandwich au jambon et du chocolat chaud qu'ils allaient engloutir.

Tom le suivit dehors en traînant le sac à dos derrière lui.

« Prions pour que tu aies raison. »

Quand il se releva, Lee crut que ses jambes ne le porteraient pas. La faim et le froid l'avaient rendu faible. Rassemblant ses forces, il jeta le sac sur son dos et glissa sa planche sous son bras. Tom jeta un rapide coup d'œil autour de lui.

« Où est ma planche ?

— Je ne sais pas. Je ne l'ai pas trouvée hier soir. Je suis désolé, Tom.

— De toute façon, fit Tom en haussant les épaules, ça m'étonnerait que je refasse du surf après ça.

— On partagera la mienne, si tu veux, proposa Lee, et... »

Il s'interrompit brusquement et désigna un buisson situé un peu en contrebas.

« Elle est là, regarde ! Elle s'est prise dans les branches. »

Ils descendirent lentement et dégagèrent la planche en vérifiant qu'elle n'était pas abîmée. Puis, d'un pas prudent, ils se mirent en route sous la neige.

Ils avançaient avec une désespérante lenteur. Ils n'avaient pas mangé depuis la barre chocolatée qu'ils avaient partagée la veille et se trouvaient au bord de l'épuisement. La neige était molle et profonde ; par endroits, ils s'enfonçaient jusqu'à la taille et dépensaient chaque fois une énergie folle pour en sortir.

« Si seulement il s'arrêtait de neiger, grogna Lee alors qu'ils marchaient depuis presque une heure. Au moins, on verrait où on va.

— Il faut qu'on trouve cette route, dit Tom d'une voix faible. Je ne sais pas combien de temps je vais encore pouvoir tenir. »

Lee n'était pas loin d'abandonner, lui aussi. Avancer dans cette neige et ce vent alors qu'ils étaient à bout de forces, sans même savoir où ils allaient, devenait trop difficile. Il ne sentait plus ses jambes, sa poitrine lui faisait mal, la faim lui tordait l'estomac, il avait froid... S'étendre et dormir, c'était la seule chose qu'il désirait.

Il essuya ses lunettes et scruta les tourbillons de neige dans l'espoir d'apercevoir quelque chose qui lui donnerait la force d'aller plus loin.

« Moi, j'ai eu mon compte, déclara Tom en se laissant brusquement tomber dans la neige.

— Non ! s'écria Lee en se jetant à genoux près de lui. Il faut continuer. »

Tom secoua la tête avec lassitude.

« À quoi ça sert ? On n'arrivera jamais nulle part. »

Lee regarda autour d'eux. Tom avait peut-être raison. Peut-être était-ce une erreur de penser qu'ils avaient une chance de s'en sortir.

Soudain les battements de son cœur s'accélérèrent. Il y avait quelqu'un au loin. Il avait aperçu une silhouette, il en était certain. Une violente rafale poussa devant lui des tourbillons de flocons, lui bloquant momentanément la vue. Fou d'espoir, Lee attendit, les yeux rivés dans la même direction.

« Tom ! fit-il. Il y a quelqu'un là-bas ! »

Inconscient du danger, il cria :

« Au secours ! On est perdus ! Au secours ! »

Le vent lui arracha ses mots. Il écouta de toutes ses forces, tout son être tendu vers la réponse qu'il espérait. Mais il n'y en eut aucune. Il cria une nouvelle fois.

Tom se releva tant bien que mal et joignit ses cris à ceux de son ami.

« Il y a trop de vent, gémit Lee avec désespoir. Ils ne peuvent pas nous entendre. »

Il s'élança en pataugeant dans la neige vers l'endroit où il avait aperçu le mouvement.

En montant, Lee distingua la silhouette une deuxième fois. Elle s'éloignait d'eux à une allure qui leur aurait été difficile de suivre.

« Attendez ! » hurla-t-il, terrifié de voir leur chance de survie s'envoler.

La silhouette continuait de marcher dans la direction opposée et Lee se souvint brusquement du sifflet.

« Tom, le sifflet ! cria-t-il. Vite ! »

Tom fourragea dans sa poche, sortit le sifflet et le porta à ses lèvres. Le sifflement aigu sembla traverser les hurlements du vent. La silhouette lointaine hésita, puis se retourna lentement.

Tom souffla une seconde fois dans le sifflet. Devant lui, Lee remontait la pente en titubant. La silhouette se fit plus nette. Ils virent qu'elle portait une paire de skis sur l'épaule.

« Jeff ! s'exclama Lee en reconnaissant son frère qui émergeait de la neige.

— Et Dominique ! » fit Tom tandis qu'une seconde silhouette apparaissait derrière la première.

Jeff laissa tomber ses skis et courut vers les garçons pour les prendre dans ses bras.

« Vous n'êtes pas blessés ?

— Juste très fatigués et frigorifiés, répondit Tom.

— On était tellement inquiets. »

La voix rauque de Jeff trahissait son émotion. Il prit la tête de Lee entre ses mains pour l'examiner.

« Je n'arrive pas à croire qu'on vous ait trouvés. J'ai cru... »

Ses yeux s'emplirent de larmes.

« Toute la nuit dehors, dans le froid...

— J'ai creusé un abri, expliqua Lee.

— Tu as fait ça ? »

L'admiration éclaira le visage de Jeff.

« Tu as entendu, Dominique ? Ils ont creusé un trou pour s'abriter. C'est incroyable ! »

Dominique avait glissé la main dans son sac à dos.

« Tom est blessé à la tête, dit-elle.

— Qu'est-ce qui s'est passé ? interrogea Jeff

d'une voix anxieuse en jetant un coup d'œil au bandage ensanglanté de Tom.

— Je suis tombé dans un précipice. »

Le visage de Jeff perdit ses couleurs.

« Tu quoi ? »

Dominique sortit finalement une trousse de secours.

« Je vais examiner sa blessure. Jeff, donne-leur du lait chaud et du chocolat. »

Ils s'étaient accroupis derrière un buisson, à l'abri du vent. Dominique avait refait le pansement de Tom et les deux garçons savouraient leur lait chaud.

« Comment est-ce que vous nous avez retrouvés ? » demanda Lee en avalant un carré de chocolat.

Il se sentait déjà mieux et avait du mal à croire qu'il avait été sur le point d'abandonner quelques minutes plus tôt.

« C'est Marc qui a contacté le centre de secours quand la tempête a commencé, expliqua Jeff. Ils nous ont appelés aussitôt pour savoir si vous étiez rentrés.

— Ils sont en train de nous chercher en ce moment ? interrogea Tom. Parce que, nous, on n'a vu personne.

— Il n'y avait pas d'équipe disponible, dit Dominique en sortant un poste de radio de son sac à dos. On devrait peut-être les informer qu'on a retrouvé les garçons et que tout va bien. À moins qu'on attende d'être en bas. Qu'est-ce que tu en penses, Jeff ?

— Attends un petit peu, dit Jeff. On n'est pas encore sortis d'affaire.

— Pourquoi il n'y avait pas d'équipe de secours ? demanda Lee, interloqué. Je croyais qu'ils étaient toujours prêts à partir.

— Toutes les équipes sont déjà en mission, expliqua Jeff. Le temps a provoqué une série d'avalanches. Ils travaillent non-stop pour sortir les gens de la neige. Marc a dit que vous vous dirigiez vers le circuit de surf. Alors on a supposé que vous deviez vous trouver quelque part entre le circuit et le bus.

— Le bus n'a pas encore été enlevé ? » s'étonna Lee.

Jeff secoua négativement la tête.

« Il y a eu une avalanche près de Val Thorens. Il n'y a pas eu de victime, mais la route est complètement bloquée. La dépanneuse n'a pas pu accéder jusqu'au bus. »

Dominique posa une main affectueuse sur le bras de Jeff.

« Jeff a veillé toute la nuit en attendant votre retour. On est partis très tôt ce matin pour commencer les recherches dès qu'il ferait jour.

— Merci. »

Lee adressa un sourire reconnaissant à son frère. Ils avaient beau se chamailler à longueur de temps, il savait qu'il pouvait compter sur Jeff.

« Enfilez ça, dit Dominique en extirpant de son

sac des pulls, des bonnets et des gants secs. Ensuite, on se mettra en marche.

— On n'est pas très loin de la route », les informa Jeff.

Il sortit une boussole et vérifia leur position.

Les garçons enfilèrent avec lassitude les vêtements que Dominique avait apportés.

« Bien, allons-y », dit Jeff.

La neige avait presque cessé. Un pâle soleil perçait à travers les nuages noirs suspendus au-dessus de leur tête.

« On pourrait peut-être descendre à ski maintenant que la vue est dégagée », suggéra Lee.

Plus vite ils quitteraient cette montagne, mieux il se porterait. Le lait chaud et le chocolat l'avaient un peu revigoré, mais il était épuisé. Il ne désirait qu'une seule chose, se glisser dans un lit douillet et reposer son corps endolori.

« Il faut être très prudent, les avertit Jeff. Il y a beaucoup de neige fraîche et les risques d'avalanche sont considérables. »

Il leva les yeux vers le ciel et l'inquiétude se lut sur son visage.

« Ne traînons pas. Ces nuages ne me disent rien qui vaille. »

Chapitre 9

Seul sous la neige

Ils se mirent en route en file indienne, Jeff et Dominique encadrant les deux garçons qui portaient chacun leur planche.

Lee songeait à la chance qu'ils avaient eue. Si Jeff et Dominique ne les avaient pas retrouvés... s'il ne les avait pas repérés quand ils étaient passés près d'eux... s'il n'avait pas emporté le sifflet... Lee prit soudain conscience qu'il ne servait à rien d'imaginer ce qui aurait pu se passer maintenant qu'ils étaient tirés d'affaire.

Ils dépassèrent un bosquet d'arbres et aperçurent enfin la route au-dessous d'eux. Leur bus n'avait pas bougé. Derrière lui, une voiture avait été abandonnée par ses occupants. Plus loin, sur la route qui menait à Chambeau, un chasse-neige crachait des nuages de gaz noirs.

Lee sentit ses membres fléchir sous l'effet du soulagement. Ils avaient presque atteint leur but ! Il se tourna vers Tom et lui adressa un sourire fébrile.

Lee observa son frère tandis qu'il étudiait le terrain en s'efforçant d'établir un itinéraire. À leurs pieds, s'étalait une pente lisse de neige vierge.

« Mieux vaut ne pas descendre par là, dit Jeff. C'est trop raide. C'est typiquement un endroit à avalanches.

— Mais c'est le chemin le plus rapide », objecta Lee.

La pente était séparée de la route par un champ semé de pierres.

« Non, c'est trop dangereux, insista Jeff. On va longer le haut de la pente en restant bien contre ce mur rocheux. On va essayer de trouver un passage plus loin.

— Ça va être très long ? demanda Tom. Ma tête me fait vraiment mal.

— On sera bientôt en bas », le rassura Dominique.

Ils partirent en travers de la pente en se maintenant près des rochers. Le ciel s'obscurcissait et le vent se levait. Lee frissonna. Il était certain qu'il allait se remettre à neiger. Même Jeff et Dominique ne seraient peut-être pas en mesure de les guider dans une tempête de neige. Son courage le quitta. Il ne supporterait pas une autre journée à crapahuter dans un sens et dans l'autre à la recherche d'un passage vers la route. Quant à passer une seconde nuit dehors...

Le sol se couvrit bientôt de rochers. D'un pas mal assuré, la petite troupe se fraya un chemin sur la roche glissante, trébuchant et perdant l'équilibre à chaque instant. Ils atteignirent finalement une large étendue de neige lisse.

Jeff inspira une vive bouffée d'air.

« C'est trop pentu. En passant par là, on risque de déclencher une avalanche.

— Mais qu'est-ce qu'on peut faire d'autre ? » grogna Lee en se laissant tomber sur un rocher.

L'idée de rebrousser chemin était au-dessus de ses forces. Il se tourna vers la montagne dressée derrière lui. La pente remontait très haut jusqu'à un bosquet de pins noirs. Il ne trouverait jamais l'énergie de franchir une telle distance.

Dominique soupira.

« On va devoir prendre le risque, Jeff. Les garçons sont à bout de forces. Il faut qu'ils rentrent. Et de toute façon, il y a des pentes raides partout. Même si on arrive à contourner celle-là, on finira tôt ou tard par en rencontrer une autre. »

Jeff hocha la tête avec résignation.

« O.K., on va y aller un par un, dit-il. Dominique et moi descendrons à ski et vous, sur vos planches. Vous pensez en être capables ?

— Ça va aller, hein, Tom ? » fit Lee en jetant un coup d'œil à son ami.

Tom eut un sourire incertain.

« Je pense que oui.

— Bien. On va traverser en diagonale, ce sera moins risqué. »

Dominique et lui discutèrent un instant pour décider de l'angle et de la direction à suivre.

« Si vous êtes pris dans une avalanche, dit finalement Jeff en se tournant vers les garçons, efforcez-vous de rester à la surface de la neige et d'éviter les rochers. »

Au départ de la pente, Dominique sauta une ou deux fois pour tester le terrain.

« Ça a l'air stable, dit-elle.

— Parfait. »

Jeff se tourna une nouvelle fois vers les garçons.

« Si jamais vous êtes emportés, faites en sorte de maintenir la tête vers le haut et les pieds vers le bas. Et quand vous sentez que vous ralentissez, levez le bras pour qu'on vous repère.

— Et mettez l'autre main en creux devant la bouche pour aménager un espace d'air », ajouta Dominique.

Lee sentit la peur lui tordre l'estomac. Jeff et Dominique semblaient sérieusement préoccupés par l'éventualité d'une avalanche. À les entendre, elle était même inévitable.

Lee leva les yeux vers la montagne et essaya d'imaginer l'effet que cela ferait de voir toute cette neige dévaler vers lui. Il avait entendu dire que la vitesse d'une avalanche pouvait atteindre plus de cent kilomètres à l'heure.

« Bien, dit brusquement Jeff, arrachant Lee à sa réflexion. Dominique va partir la première. Ensuite, ce sera toi, Tom. Lee, tu passeras le troisième et j'irai le dernier.

— N'attachez pas vos lanières de sécurité, les garçons, leur conseilla Dominique. Si vous êtes pris dans un glissement, débarrassez-vous tout de suite de votre planche pour éviter qu'elle ne vous entraîne vers le bas. »

Jeff adressa un sourire à Dominique.

« Bonne chance. »

Lee sentit les battements de son cœur s'accélérer en regardant la jeune femme traverser la pente. Il la regarda s'éloigner en priant pour qu'elle parvienne au bout de sa diagonale. Il nota sa trajectoire, sachant qu'il devrait la suivre à son tour quelques minutes plus tard. Quand elle eut parcouru la moitié du chemin, elle disparut derrière un rideau de neige.

« Non, c'est pas vrai ! s'exclama Jeff qui s'en prit aussitôt à son frère. Je t'avais prévenu de ne pas aller à ce circuit. Vous croyez qu'il m'aurait écouté ? ! »

Ravalant sa colère, Lee s'abstint de répliquer. Il savait que Jeff était inquiet et, jusqu'ici, il s'était montré plutôt conciliant.

« Je suis désolé, dit-il. Le temps n'était pas mauvais quand on s'est mis en route.

— Oui, bon... »

Jeff regarda Tom.

« À ton tour. »

Tom attacha sa planche et se releva lentement. Son visage était aussi pâle que la neige et ses yeux noirs d'anxiété.

« Je suis les traces de Dominique, n'est-ce pas ?

— C'est ça.

— Tu traverses, c'est tout, l'encouragea Lee. C'est facile, tu verras. »

Tom déglutit avec difficulté.

« Et si je tombe ? Je risque de déclencher une avalanche et je passerai directement par-dessus ce précipice tout en bas.

— Tu ne tomberas pas, lui assura Lee en le poussant gentiment. Vas-y, lance-toi et cesse de t'inquiéter. »

Tom redressa ses épaules et entama la traversée. Quelques secondes plus tard, il disparut dans le brouillard de neige.

Jeff s'approcha de Lee.

« N'oublie pas de bien rester sur la diagonale. Ce n'est pas un concours, alors pas de...

— Je ne suis pas complètement stupide, Jeff.

— Oui, je sais. Mais je ne peux pas m'empêcher d'être inquiet, c'est tout. »

Il posa une main sur l'épaule de Lee.

« Fais bien attention. »

Lee hocha gravement la tête.

« Toi aussi. »

Il fit tourner sa planche et s'engagea sur la

pente en fléchissant les genoux aussi bas que possible pour ne pas perdre de vue les traces laissées par Tom et Dominique. Il allait vite, s'efforçant de ne pas penser aux avalanches. En théorie, il connaissait la marche à suivre s'il était pris dans l'une d'elles, mais si, dans la panique, il oubliait tout ?

« Ça suffit, se reprit-il vivement. Il n'y aura pas d'avalanche. Tu vas traverser cette piste bien sagement et tout se passera bien. »

Il chassa la neige accumulée sur ses lunettes et continua avec toute la concentration dont il était encore capable.

Brusquement, il se sentit glisser de côté. Il s'inclina vers l'arrière pour ralentir, mais cela n'eut aucun effet. Il lui sembla même que le mouvement s'accélérait. Ça n'avait pas de sens. Il baissa les yeux sur sa planche et son cœur oublia de battre un instant. Pas étonnant qu'il ne puisse pas diminuer son allure : la neige glissait avec lui. Il avait déclenché une mini-avalanche.

Le cœur battant à tout rompre, il ne parvenait plus à penser, à peine à respirer. Il continuait de descendre sans savoir quoi faire.

Il pensa soudain à Jeff qui attendait son tour pour traverser. Il devait l'avertir.

« Jeff ! Je suis pris dans une avalanche ! hurlat-il. Ne viens pas ! Ne traverse pas la... »

Une giclée de neige lui pénétra dans la bouche, lui coupant brutalement la parole. Il la recracha en priant pour que son frère l'ait entendu.

L'avalanche prenait de la vitesse. Emporté à une vitesse vertigineuse, il ne vit bientôt plus qu'une masse blanche autour de lui. Il luttait contre sa peur, s'efforçant de rassembler ses esprits pour se remémorer la configuration du terrain. Si ses souvenirs étaient exacts, il y avait des rochers à gauche et une large pente douce à droite. Au-dessous d'elle... Au-dessous d'elle, il y avait un à-pic. S'il ne s'arrêtait pas d'une façon ou d'une autre, il serait précipité dans le vide.

« Ne pas céder à la panique », se répétait Lee, en proie à toutes les angoisses.

De quelle hauteur allait-il tomber ? Il survivrait sans doute à un saut de trois ou même quatre mètres, mais que se passerait-il au-delà ?

Il sentit la planche osciller sous ses pieds et tendit les bras pour se maintenir en équilibre. Un instant plus tard, il bascula vers l'avant et disparut sous la neige. *Rester à la surface.* Les instructions de Jeff s'entrechoquaient dans sa tête. Agitant furieusement les bras, il se débattit pour remonter à la surface, mais sa planche le retenait vers le bas. Il se replia sur lui-même et libéra son pied avant sans trop de difficultés. L'air commençait à lui manquer.

Donnant une impulsion du buste, il parvint à se replier une seconde fois sur lui-même et tâtonna aveuglément le long de sa jambe. Il devait absolument libérer son pied arrière... et remonter à l'air libre... Ses doigts frôlèrent soudain la surface lisse de la planche. Sans la lâcher, Lee fit des-

cendre sa main jusqu'à son pied et trouva sa fixation. Il tira d'un coup sec. Il était libre.

Une fraction de seconde plus tard, il sentit la
terre se dérober au-dessous de lui. Il avait basculé
par-dessus le surplomb ! Il heurta presque aussitôt le sol tandis qu'une lourde masse de neige
s'abattait sur lui. Il leva instinctivement le bras et
creusa son autre main devant sa bouche.

Il était enfoui sous la neige.

Il la sentait sur lui, semblable à une lourde et
épaisse couverture gelée. Il ouvrit les yeux dans
l'espoir d'apercevoir la lueur du jour. Il n'y avait
autour de lui que du blanc. Sa peur monta d'un
cran. Il se débattit, cherchant désespérément à
bouger, mais le poids de la neige le maintenait
plaqué au sol. Ses jambes étaient pressées l'une
contre l'autre, moulées dans la neige comme dans
un bloc de béton.

La terreur s'empara de lui. Il devait sortir de
là ! Il fit jouer ses muscles, arc-bouta le dos... en
vain. Il ne se libérerait jamais seul. Refoulant ses
larmes, il ferma les paupières et se força à
prendre de lentes et calmes inspirations. Ses
réserves d'air étaient limitées et la panique ne
ferait que les consommer plus vite. Mais rester
étendu dans cette froide et silencieuse obscurité
était pire qu'un cauchemar. Il était enterré vivant !

Si l'air venait à lui manquer avant que les
autres ne le trouvent, il mourrait là. Seul.

Chapitre 10

Avalanche

Une vie entière s'écoula avant que Lee n'entende des bruits de pas au-dessus de lui.

« Je suis là ! hurla-t-il. Au secours ! »

Comment savoir s'ils l'entendaient ? Le vent soufflait si fort à la surface qu'il couvrait sans doute ses cris étouffés.

Les bruits de pas s'éloignèrent. Lee se remit à crier de plus belle.

« Tu n'as rien entendu ? fit la voix de Tom, lointaine et déformée.

— Je suis là ! hurla Lee.

— Il ne doit pas être loin, dit Tom. Regarde, sa planche est ici. »

Lee entendit Dominique répondre quelque chose

qu'il ne comprit pas. Il attendit, le corps tendu. Il perçut finalement une sorte de grattement sur sa droite. Ils creusaient la neige. Son moral remonta d'un seul coup. Jeff et Dominique avaient dû emporter une pelle. Ils allaient le sortir de là.

Sachant que les bruits de pelle couvriraient ses cris, Lee attendit avec impatience qu'ils s'arrêtent de creuser.

« Je suis là ! hurla-t-il quand le silence revint.

— Qu'est-ce que c'était ? »

La voix de Dominique était plus nette à présent.

« Quoi ? demanda Tom.

— J'ai cru entendre quelque chose.

— Tom ! Dominique ! appela Lee aussitôt.

— Lee ! Continue qu'on puisse te repérer, cria Tom avec excitation.

— Ici ! Je suis ici !

— On te tient, Lee ! »

Les grattements recommencèrent, juste au-dessus de sa tête cette fois.

En attendant de les voir apparaître, Lee se rendit compte qu'il n'avait pas encore entendu la voix de Jeff. Et s'il avait été pris lui aussi dans l'avalanche ?

« Où est Jeff ? » cria-t-il.

Au-dessus de lui, les frottements continuaient.

« Où est Jeff ? » répéta-t-il.

Il n'obtint aucune réponse. Manifestement, ils ne l'entendaient pas. Il devrait attendre d'être libéré pour connaître le sort de son frère.

L'attente fut insupportable. Les bruits de pelle s'intensifiaient tandis qu'une lumière bleuâtre commençait à filtrer dans sa prison. Peu à peu la lueur du jour se fit plus nette. Des gouttelettes de neige fondue lui coulaient sur le visage. Son impatience était à son comble. Nom d'un chien, où était son frère ?

La pelle avait presque traversé. Il voyait à présent sa forme sombre apparaître et disparaître derrière les derniers centimètres de neige qui le séparaient de la liberté.

« Vous êtes tout près, appela-t-il. Faites attention ! »

La pelle s'éloigna et une main la remplaça, dégageant la neige sur le côté. Ils crevèrent finalement la dernière couche, laissant entrer un flot de lumière grise mêlée de neige. Lee vit soudain apparaître le visage anxieux de Tom au-dessus de lui.

« Lee, ça va ? demanda-t-il vivement. Rien de cassé ?

— Où est Jeff ? »

Lee claquait des dents. Était-ce de froid ou de peur ?

« Là-bas », répondit Tom.

Lee suivit du regard la direction qu'il indiquait.

« Il t'a entendu crier et il est parti juste derrière toi. Il a été pris dans une autre avalanche. Apparemment, il s'est cassé la cheville.

— Mais il va bien ?

— Oui, je crois. »

En s'extirpant de la neige, Lee poussa un long soupir de soulagement. Jeff et lui avaient vécu des minutes dangereuses, mais ils étaient tous les deux sains et saufs.

Jeff était assis au pied de l'à-pic. Penchée au-dessus de lui, Dominique s'occupait de sa cheville.

Lee ouvrit sa doudoune et secoua la neige de ses vêtements. Ils étaient trempés. Il frissonna et rejoignit son frère.

« Comment te sens-tu ? » s'enquit-il.

Jeff lui adressa un faible sourire.

« J'ai déjà été mieux. Et toi, ça va ?

— Je suis en état de marche, affirma Lee. Juste un peu mouillé. »

Lee se détourna pour leur cacher les larmes qui lui montaient aux yeux. Un instant plus tôt, il avait cru mourir sous ce tas de neige, et à présent qu'il était hors de danger, le choc semblait le rattraper. Il pressa fermement ses mains l'une contre l'autre pour les empêcher de trembler.

« J'ai contacté les services de secours par radio, annonça Dominique, mais il y a eu une autre avalanche importante. Personne ne peut venir nous chercher pour le moment.

— Ce n'est plus très loin, de toute façon, remarqua Tom. Regardez, le bus est juste là. »

Le bus était exactement au-dessous d'eux, et, derrière lui, Lee reconnut la voiture de Jeff. Il se sentit ragaillardi. Avec un peu de chance, ils rouleraient vers Chambeau dans peu de temps. Il chassa ses larmes d'un battement de paupières et resserra sa doudoune autour de lui, pour apporter un peu de chaleur à son corps frigorifié.

« Comment vais-je descendre ? s'interrogea Jeff à voix haute. Je vais difficilement pouvoir marcher, encore moins skier, dans cet état. »

Dominique avait noué des bandages autour de sa jambe.

« On pourrait te porter, suggéra Tom sans paraître vraiment y croire.

— Tu peux aussi te servir d'une de nos planches comme d'une luge, proposa Lee, soulagé de détourner ses pensées vers un problème pratique. En attachant quelque chose à la fixation arrière, on pourrait te tenir pour t'empêcher de glisser trop vite. »

Jeff fit la grimace.

« Ça ne me dit rien.

— Qu'est-ce qu'on peut faire d'autre ? intervint Dominique. On ne peut quand même pas te laisser ici.

— Les secours ne viendront pas nous chercher, on va bien être obligé de te descendre nous-mêmes », observa Lee.

Il alla chercher sa planche perchée sur un tas de neige.

« Est-ce que tu peux t'installer dessus tout seul, Jeff ? demanda-t-il. Ou faut-il qu'on te soulève ? »

Dominique prit une veste dans son sac à dos et l'attacha à la fixation arrière de la planche.

Ils commencèrent à descendre la pente en direction du bus, Dominique et Lee tenant chacun une manche de la veste pour empêcher la planche de partir avec Jeff. Tom, de son côté, avait chargé les deux paires de skis et sa propre planche sur ses épaules. Tandis qu'il marchait, Lee ne pouvait détacher ses yeux du bus. Chaque pas qui les en rapprochait ravivait ses espoirs. Enfin, ils allaient quitter cette montagne.

Ils n'étaient plus qu'à quelques mètres de leur but, quand Lee perçut un bruit étrange derrière eux, à mi-chemin entre le sifflement et le rugissement. Il pivota sur lui-même et son sang se figea dans ses veines. Un gigantesque mur de neige écumante dévalait la montagne dans leur direction.

« Avalanche ! » hurla-t-il.

Les autres se retournèrent ensemble, les yeux écarquillés par l'horreur.

« C'est une grosse ! Vite, dans la voiture ! cria Jeff.

— On n'a pas le temps », répondit vivement Dominique.

L'avalanche dégringolait vers eux à la vitesse d'un train.

« Le bus ! s'exclama Lee. C'est notre seule chance. »

Tom, Dominique et Lee soulevèrent Jeff et coururent vers le bus en le tenant entre eux, haletant sous l'effet de l'effort et de la peur. Par chance, les portes du véhicule étaient toujours ouvertes. Ils le hissèrent à l'intérieur et l'étendirent sur le sol entre les sièges.

L'avalanche n'était plus qu'à quelques mètres. À travers les fenêtres, Lee ne distingua qu'un raz de marée de neige bouillonnante.

« Couchez-vous ! hurla-t-il. Et cramponnez-vous aux pieds des sièges. »

Il se recroquevilla par terre, les mains serrées autour des barres de métal vissées au sol, la tête glissée sous un fauteuil.

La masse colossale heurta le bus avec une telle force qu'il fut projeté de l'autre côté de la route. Les fenêtres encore intactes explosèrent sous l'impact tandis que le flot se propulsait à l'intérieur, recouvrant tout sur son passage. Aveuglé par la neige, Lee sentit le bus tanguer. Il resserra son étreinte autour des barres, terrifié à l'idée qu'ils puissent plonger dans le vide.

Dans un grincement suraigu de métal, le véhicule s'affala sur le sol.

Chapitre 11

Sauvetage

La neige enveloppa Lee, se frayant un passage sous son col et à l'intérieur de ses manches. Le bus bascula une seconde fois et atterrit sur le toit dans une violente secousse. L'instant d'après, Lee sentit qu'ils se déplaçaient et comprit aussitôt qu'il se passait ce qu'il avait le plus redouté : balayé par l'avalanche, le bus avait quitté la route et dévalait à présent le flanc de la montagne.

Le cœur de Lee battait à tout rompre. La respiration saccadée, il serrait les barres de fer de toutes ses forces, doutant de pouvoir tenir encore longtemps. Le bus bondissait, le soulevant au-dessus du sol et l'envoyant cogner d'un côté et de l'autre avec chaque fois la sensation qu'on lui arrachait les bras.

Au bout de ce qui lui sembla une éternité, le bus ralentit et, lentement, s'immobilisa. Un lourd silence s'abattit sur la carcasse du véhicule démantibulé.

Lee ouvrit les yeux.

Le bus était retourné, la tête en bas. Bien qu'il ne se souvînt pas de les avoir levées, ses jambes étaient dressées vers le haut, et ses mains, comme pétrifiées, continuaient de serrer les pieds du siège.

Il faisait sombre. Les fenêtres, pour la plupart, avaient disparu sous des quantités de neige. Lee ne vit pas la moindre trace de ses compagnons.

« Où êtes-vous ? cria-t-il. Jeff ! Dominique ! Tom ! Où êtes-vous, bon sang ? »

Rien ne vint briser le silence sinistre qui régnait autour de lui.

Lee connaissait la réponse à sa question : Jeff, Dominique et Tom se trouvaient quelque part au-dessous de lui, enfouis dans la neige.

Il devait les sortir de là. Et vite.

En baissant les bras, une douleur fulgurante lui traversa la poitrine. Lee grogna : il connaissait cette douleur. Il avait ressenti la même en se cassant deux côtes sur un terrain de football deux ans plus tôt.

Il avait si mal qu'il dut attendre quelques minutes avant de se décider à bouger. Dès que ce fut possible, il se redressa doucement sur les genoux et regarda autour de lui. Au milieu de l'allée, il aperçut une tache rouge et eut un haut-le-cœur en pensant voir du sang. Puis il reconnut la bretelle du sac à dos de son frère. Un peu plus loin, une chaussure dépassait de la neige. C'était celle de Tom. Malgré le froid, Lee sentit la sueur lui couler le long du dos. Il rampa fébrilement vers elle, serrant les dents pour supporter la douleur de sa poitrine, tandis que les débris de verre lui entraient dans les genoux. En grimaçant, il se hissa sur ses jambes et retira les éclats avec ses mains gantées. Ignorant le sang qui perlait au travers de son pantalon, il tituba jusqu'à la chaussure. Il se laissa tomber devant elle et la secoua. Elle bougea aussitôt à son contact. Tom était vivant !

« Je vais te sortir de là ! » cria Lee en se mettant à gratter la neige.

À mesure qu'il s'enfonçait, il constata qu'elle devenait plus ferme et, quand il eut atteint le genou de Tom, elle était dure comme de la pierre. Il avait besoin de la pelle.

Il boitilla jusqu'au sac de Jeff, le tira de la neige, et l'ouvrit de ses doigts tremblants.

La pelle était à l'intérieur.

« Je vais les sortir de là », se répéta Lee encore une fois pour se donner du courage.

Il retourna auprès de Tom et se remit à creuser, indifférent à la douleur qui lui irradiait la poitrine à chaque coup de pelle. Il devait faire vite. Tom pouvait manquer d'air et il fallait encore trouver les autres.

Des heures semblèrent s'écouler avant qu'il ne découvre entièrement son ami. Il scruta l'intérieur du trou en criant.

« Tom ! »

Les paupières de Tom papillonnèrent un instant, puis s'ouvrirent. Lee fut frappé par la couleur de son visage : il était presque gris. Il avait perdu son bandage et sa blessure s'était rouverte.

Il sourit faiblement et se releva avec peine.

« Dominique est juste au-dessous, dit-il. Elle m'a parlé quand le bus s'est immobilisé, mais je ne l'ai plus entendue depuis. »

Lee fit la grimace en aidant Tom à sortir du trou.

« Qu'est-ce qu'il y a ? demanda Tom. Tu es blessé ?

— J'ai dû me casser une côte, expliqua Lee. J'ai seulement besoin de ne pas bouger pendant une minute. Ça ira mieux dans un instant. »

Il s'accroupit sur le sol pour attendre que la douleur diminue, furieux de gaspiller un temps si précieux. Il voyait le dos de Dominique, sa veste jaune luisant dans la faible lumière. Elle ne bougeait pas.

« Dominique, est-ce que tu m'entends ? » fit Tom en détachant chaque syllabe.

Il n'y eut pas de réponse.

« Il faut la dégager de là », dit Lee, sentant sa douleur lâcher prise.

Il descendit à l'intérieur du trou, posant un pied de chaque côté du corps de Dominique, puis glissa ses mains autour d'elle pour la soulever. En vain. Le poids de la neige la maintenait fermement en place.

« Dominique ! » appela-t-il.

Elle ne bougeait toujours pas.

« Tom, passe-moi la pelle », demanda Lee précipitamment.

Il se mit à creuser fiévreusement, travaillant autour de la tête, avec la conscience aiguë de devoir faire très vite. S'il n'était pas déjà trop tard...

Tom lui vint en aide et les deux garçons, oubliant leur fatigue, poussés par l'énergie du désespoir, s'engagèrent dans une course contre le temps. Lee enfonçait sa pelle, tailladant sans relâche la neige durcie. La sueur lui coulait sur le front, mais il n'osait s'arrêter pour retirer son manteau. Chaque seconde était précieuse.

Tom s'agenouilla à califourchon au-dessus de la jeune femme. À l'aide du tournevis de la boîte à outils de Lee, il attaqua à petits coups précis la mince couche de neige qui la retenait encore prisonnière et distingua bientôt un carré de peau.

Dominique leur apparut finalement tout entière. Elle était étendue dans une mauvaise position, le visage tourné sur le côté, ses cheveux collés à ses tempes. Lee se pencha près d'elle.

« Dominique », fit-il avec insistance.

Elle ne donna aucun signe de vie.

« Est-ce qu'elle va bien ? » demanda Tom, la voix tremblante d'émotion.

Lee retira ses gants. Il tendit une main fébrile et lui toucha la joue. Elle était glacée. Il glissa ses doigts à l'intérieur de son col pour chercher son pouls et ne trouva rien.

Chapitre 12

À l'année prochaine

Les yeux de Lee s'emplirent de larmes.

« Dominique, sanglota-t-il.

— Oh, non », fit Tom dans un murmure.

Lee se mordit les lèvres pour les empêcher de trembler quand il sentit un fragile battement sous ses doigts. Il les déplaça légèrement. Les palpitations se firent plus nettes : son pouls battait.

« Elle n'est pas morte ! s'écria-t-il.

— Je vais la soulever. »

Tom descendit dans le trou.

« Attends, dit Lee. On ne devrait pas la déplacer. Pas pendant qu'elle est inconsciente.

— On ne peut quand même pas la laisser là-dedans », objecta Tom.

Il passa ses mains sous les aisselles de la jeune femme et la tira à la surface de la neige.

« Elle est inconsciente, mais elle respire. »

Il s'agenouilla près d'elle et lui tapota la main.

Lee sortit du trou à son tour et regarda Dominique. De faibles couleurs remontaient à ses joues. Il retira sa doudoune et l'étendit sur elle. Rassuré, il promena son regard autour de lui à la recherche d'un indice qui lui permettrait de localiser son frère. Mais tout était recouvert par la neige.

« Jeff ! appela-t-il. Où es-tu ? »

Sa voix se répercuta contre les parois du bus.

Il retint son souffle, l'oreille tendue. Seuls les gémissements du vent et les craquements du bus lui répondirent.

« Jeff ! »

Le vent se tut quelques instants et, dans le silence soudain qui s'abattit sur eux, il crut percevoir une petite voix.

« C'est Jeff ! »

Lee se laissa tomber à genoux et colla son oreille contre la neige.

Tom le rejoignit en courant, la pelle à la main. Lee s'en saisit et la plongea dans la neige. Il se mit à creuser furieusement, la peur lui faisant un instant oublier sa douleur.

Ils découvrirent d'abord le bras de Jeff, dressé verticalement. Lee lui toucha la main et la sentit avec soulagement se refermer doucement sur la sienne.

« Tu seras dehors dans une minute, cria-t-il.

— Tant mieux. Il ne fait pas très chaud là-dessous. »

Lee se remit à creuser, avec plus de soin cette fois pour éviter de blesser Jeff avec sa pelle. Un morceau de tissu bleu apparut à la surface : c'était son manteau. Il gratta encore quelques minutes et dégagea finalement son visage.

« Est-ce que Dominique va bien ? s'enquit-il aussitôt.

— Tu es blessé ? demanda Lee, inquiet, ignorant sa question.

— Non. Est-ce que Dominique va bien ? »

Sa voix s'était faite plus pressante.

Lee jeta un coup d'œil vers la jeune femme. Elle n'avait pas bougé.

« Eh bien ? insista Jeff en se débattant pour sortir de son trou.

— Elle est inconsciente, mais je crois que ça ira. »

Ils étaient assis autour de Dominique, serrés les uns contre les autres dans un silence pesant.

« Elle a dû se cogner la tête, dit finalement Jeff en cherchant une bosse sous les cheveux de Dominique. Il faut faire venir une équipe de secours rapidement. Elle doit aller à l'hôpital. »

Lee fourragea dans le sac à dos de son frère et sortit la radio.

« Elle est cassée, soupira-t-il.

— Donne-la-moi. »

Jeff pressa le bouton de marche/arrêt. Rien ne se passa. Il secoua énergiquement le poste. En vain.

« Dominique a lancé un appel après la première avalanche, rappela Tom. Les secours savent où on est.

— Ils pensent que nous sommes de l'autre côté de la route, fit observer Jeff avec désarroi. Ils ne viendront pas nous chercher ici. »

Il essaya une nouvelle fois les boutons de la radio, mais elle refusait toujours de fonctionner.

« Si seulement on avait apporté une fusée de détresse. Ils auraient pu nous localiser. Quand je suis allé au gîte en chercher une, le stock était épuisé. La plupart des moniteurs sont partis en montagne avec les équipes de secours et ils en ont tous emporté. »

Il fronça les sourcils.

« Il fallait qu'on parte, même sans équipement de secours. On ne pouvait vous laisser tout seuls là-haut plus longtemps. »

Lee se sentit coupable. Il était à l'origine de tout ça. Il se leva avec détermination.

« Alors il va falloir qu'on se débrouille pour qu'ils nous voient. »

Il ramassa le sac de Jeff et clopina jusqu'à la porte, une main pressée contre sa poitrine.

« Où vas-tu ? interrogea Jeff.

— Dehors. J'emporte ton sac : avec cette couleur, il est repérable à un kilomètre.

— Prends ta doudoune », dit Jeff.

Lee hésita. Il faisait froid dehors, il en aurait besoin. Mais Dominique devait rester au chaud, elle aussi.

« Ça ira, répondit-il.

— Fais ce que je te dis, insista Jeff. Mets ta doudoune. »

Il la souleva délicatement et la jeta à Lee.

« Et mets ça aussi. »

Jeff lui lança son bonnet. Lee l'enfila, puis sortit.

Dès qu'il eut mis un pied dehors, un vent glacial s'abattit sur lui. Il remonta son col en frissonnant et jeta un regard circulaire autour de lui. Il avait cessé de neiger. Le ciel était bleu.

Lee se hissa au sommet du bus, à la fois pour disposer d'un meilleur poste d'observation et augmenter ses chances d'être vu d'une éventuelle équipe de secours.

Il leva les yeux et repéra la route. Ils se trouvaient une centaine de mètres au-dessous d'elle. La voiture de Jeff n'était plus là, ayant vraisemblablement été balayée par l'avalanche elle aussi.

« Tu vois quelque chose ? »

Lee pivota sur lui-même. Tom l'avait rejoint.

« Pas encore, répondit Lee. Comment va ta tête ? »

Tom haussa les épaules.

« C'est supportable. »

Tom grimpa sur le toit à côté de Lee.

« Dominique s'est réveillée ! entendirent-ils Jeff crier au-dessous d'eux.

— Comment va-t-elle ?

— Bien. Une migraine, rien de plus. »

Une vague de soulagement submergea Lee.

Il avait eu si peur qu'elle ne s'en sorte pas.

Les deux garçons s'accroupirent l'un à côté de l'autre. Tom tendit un bras vers le village.

« Tu ne crois pas qu'on devrait essayer de marcher jusqu'au Val des Pins ? Là-bas, on trouverait peut-être de l'aide. »

Lee regarda les maisons qui se dessinaient au loin. Elles étaient si petites qu'on aurait dit les constructions miniatures d'un circuit de train électrique. Le trajet promettait d'être long et pénible avec toutes ces collines couvertes de neige fraîche à franchir — sans compter que chaque mouvement qu'il faisait lui arrachait une grimace de douleur.

Il secoua la tête. L'idée de se retrouver au chaud, en sécurité et le ventre plein était terriblement tentante, mais un tel voyage serait trop hasardeux. Ils risqueraient de déclencher une autre avalanche. Lee frissonna. Il avait déjà survécu à deux d'entre elles. Il pourrait ne pas avoir autant de chance la troisième fois.

« C'est plus sage de rester ici », dit-il finalement.

Les secours ne tarderaient sûrement plus à présent.

Malgré le froid, les deux garçons demeurèrent là à observer la route, accroupis côte à côte, chacun cherchant la chaleur de l'autre.

De temps à autre, Jeff leur criait de rentrer se réchauffer, mais ils refusaient obstinément, déterminés à attendre l'équipe de secours jusqu'à ce qu'elle arrive.

Brusquement, Lee discerna un mouvement sur la route.

« Qu'est-ce que c'est que ça ? »

Une silhouette en manteau orange et chapeau noir venait de passer le virage au-dessus d'eux. D'autres personnes émergèrent bientôt derrière elle.

« Ils sont là ! »

Lee bondit sur ses pieds. Il voulut lever les bras pour attirer leur attention, mais la douleur l'en empêcha.

Tom se précipita le long de la pente en agitant frénétiquement les bras vers eux. Les sauveteurs regardaient dans la direction opposée et désignaient le circuit de surf.

« On est là ! » hurla Tom d'une voix stridente.

Les secours ne l'entendaient pas et restaient tournés vers le haut de la montagne.

Tom retira son gant et plongea la main dans la poche de son manteau à la recherche du sifflet. Il le porta à ses lèvres et souffla de toutes ses forces. L'homme qui se trouvait en tête du groupe s'immobilisa et regarda derrière lui.

« Ça y est, ils nous ont entendus ! s'écria Lee. Recommence, Tom. »

Tom souffla une seconde fois. Les hommes se tournèrent lentement, cherchant d'où provenait le bruit.

Tom agita vivement les bras en sautant sur place. Impuissant, Lee regardait en priant pour qu'ils les voient.

Il aperçut quelqu'un qui pointait un doigt vers eux et l'équipe dégringola la pente dans leur direction avec une surprenante rapidité.

La voix de Jeff monta de l'intérieur du bus.

« Qu'est-ce qui se passe ?

— Ils nous ont trouvés. »

Lee pleurait presque de joie.

Ils étaient sauvés. Leur long calvaire était terminé.

L'hôpital était silencieux.

Étendu dans son lit, Lee en savourait la chaleur en écoutant le vent. Un médecin l'avait examiné et lui avait confirmé qu'il avait deux côtes cassées. Lee savait que ce n'était pas cher payé pour une avalanche.

Tom dormait dans le lit voisin, avec six points de suture et un pansement sur la tête. Lee entendait sa respiration.

Jeff et Dominique avaient été admis dans un service pour adultes, quelque part dans les étages supérieurs. Jeff avait eu la cheville plâtrée et Dominique était encore sous surveillance après le choc qu'elle avait subi, mais c'était surtout leur très basse température qui avait décidé les médecins à les faire hospitaliser tous les quatre.

Lee se sentait incroyablement fatigué, mais, à présent qu'il était au lit, le sommeil refusait de venir. Il ne cessait de se passer et repasser les événements de ces deux derniers jours et frissonnait encore en songeant à la chance qu'ils avaient eue.

Une infirmière entra sur la pointe des pieds et jeta un œil à son jeune patient endormi avant de s'arrêter devant le second lit.

« Comment vous sentez-vous ? demanda-t-elle à Lee.

— Très bien. »

Elle s'approcha de lui et posa la main sur son front.

« Vous n'avez plus froid ?

— Non.

— Très bien, dit-elle en lui adressant un sourire. Vous avez un visiteur. »

Elle ouvrit la porte et Jeff pénétra dans la chambre en clopinant sur des béquilles.

« Comment vas-tu ? » fit-il à son tour en s'asseyant maladroitement au bout du lit.

Lee ne put s'empêcher de sourire.

« Pas si mal. Et toi ?

— Je survivrai. »

Lee examina le visage de son frère à la faible lumière de la chambre. Il paraissait vieilli et fatigué.

« Jeff, je suis désolé de ce qui est arrivé, et je voulais te remercier... »

Jeff l'arrêta d'un geste de la main.

« On est tous en vie. C'est tout ce qui compte.

— Oui, mais...

— Ce n'est la faute de personne. Le temps a été effroyable cette année. C'est lui le responsable. »

Jeff tendit le bras vers son frère et lui tapota l'épaule.

« Et l'hiver prochain, Tom et toi devez revenir sans faute passer une semaine avec moi ici. »

Lee baissa la tête avant de la secouer.

« Je ne sais pas. Je crois que j'ai vu assez de neige pour quelque temps.

— Taratata ! Ne reste pas sur une mauvaise expérience. Je suis sérieux, Lee. Dominique dit que tu es doué pour le surf. Tu ne devrais pas abandonner. »

L'infirmière revint vers eux avec un air affairé.

« Il faut partir, à présent, dit-elle. Lee a besoin de repos. »

Jeff se hissa sur ses béquilles et pressa affectueusement la main de Lee posée sur les draps.

« À demain matin. »

Tandis qu'il disparaissait derrière la porte,

Lee songea à ce qu'il avait dit. Peut-être, après tout, qu'il reviendrait à Chambeau l'année prochaine.

Avec un soupir de contentement, il sombra dans le sommeil.

GUIDE DE SURVIE

Les habitants des montagnes ont appris à redouter les avalanches ou la « mort blanche » ainsi qu'on l'appelle. La chute de milliers de mètres cubes de neige, de glace, de pierres, voire d'arbres déracinés, est un spectacle terrifiant.

Si vous êtes emporté par une avalanche, voici ce à quoi vous devez vous attendre :

— De gigantesques masses de neige et de glace dévaleront vers vous à une vitesse phénoménale.

— La neige brûlante et des graviers vous

pénétreront dans les oreilles, les yeux, le nez et les oreilles.

— De longues et violentes chutes vous laisseront complètement désorienté.

— Vous risquez de vous retrouver enfoui sous la neige avec peu d'air pour respirer et peu d'espace pour bouger.

— À moins d'être dégagé dans les trente minutes, vos chances de survie sont très minces.

— N'espérez pas échapper à une avalanche si vous êtes sur son chemin. Vous n'irez jamais plus vite qu'elle.

INFORMATIONS PRATIQUES

Vous pouvez éviter les avalanches en vous tenant à l'écart des terrains qui leur sont propices.

Facteurs d'avalanches :

— Une pente raide dont l'inclinaison dépasse 25 %.

— Enneigement.

— Une couche de neige instable dans le manteau de neige.

Vous serez à l'abri en vous déplaçant :

— au fond des vallées, loin des grands couloirs d'avalanche où la neige est susceptible de s'accumuler.

— le long des crêtes, hors de portée des avalanches.

— sur les terrains boisés, les arbres pouvant constituer une barrière aux avalanches.

— sur les pentes d'inclinaison inférieure à 25 % qui ne sont pas surmontées de pentes plus raides.

Restez à l'affût des alertes d'avalanches et de mauvais temps diffusées à la radio et à la télévision.

Apprenez à identifier les conditions propices aux avalanches.

Évitez le ski hors-piste.

Apprenez à reconnaître les endroits où la neige est suffisamment tassée pour ne pas présenter de danger.

Renseignez-vous sur les mesures de sécurité à observer en cas de risque d'avalanche.

QUE FAIRE ?

Survivre à une avalanche dépend beaucoup de la chance. Si vous devez traverser un terrain dangereux, voici ce que vous pouvez faire pour minimiser les risques :

— Soyez toujours accompagné.

— Déplacez-vous toujours un par un.

— Préférez passer au-dessus ou au-dessous d'une pente suspecte plutôt qu'au milieu.

— Emportez le matériel de survie adéquat, tel qu'un émetteur-récepteur radio et une pelle.

— Emportez un téléphone portable.

— Emportez un bâton pour vous permettre de sonder le terrain, que ce soit sous la forme de canne pliable ou plus simplement d'un bâton de ski convertible.

— Restez à l'affût des changements de temps.

Si vous êtes emporté par une avalanche :

— Criez pour que votre groupe sache que vous avez besoin d'aide.

— Efforcez-vous de vous débarrasser de tout équipement non indispensable. Votre vie est plus importante que n'importe quel matériel.

— Luttez pour rester à la surface. Des mouvements de brasse avec les bras vous y aideront.

— Quand l'avalanche ralentit, essayez de maintenir une main au-dessus de la surface. Cela permettra de vous repérer.

— Mettez votre autre main en creux devant la bouche et le nez pour vous permettre de respirer.

— Il est peu probable que vous parveniez à vous dégager par vos propres moyens. Efforcez-vous de garder votre calme et d'économiser votre énergie.

— Si une autre personne est enfouie sous la neige, ses chances de survie reposent essentiellement sur vous.

— Si vous faites partie d'un groupe, la personne qui a la plus grande expérience devra organiser une battue.

— Marquez l'endroit où vous avez aperçu la ou les victimes pour la dernière fois à l'aide d'un bâton de ski ou de n'importe quoi de visible.

Pour chercher une victime :

— Dispersez-vous à intervalles réguliers sur toute la surface touchée.

— Sondez la neige autour du moindre indice révélant la présence d'une victime — un bonnet, un gant...

— Si vous allez chercher de l'aide, marquez votre itinéraire pour des services de secours.

INFORMATIONS SCIENTIFIQUES

Où ?

Les avalanches peuvent survenir dans n'importe quelle région très enneigée et à fortes pentes (plus de 25 %) située au-dessus de la limite des arbres. Elles peuvent cependant survenir au-dessous de cette limite dans les couloirs, par exemple, ou sur des terrains où les arbres sont moins nombreux.

Quand ?

Les risques d'avalanche augmentent lors de grosses tempêtes de neige et pendant les périodes de dégel. Dans l'hémisphère Nord, elles sont courantes à la fin de la saison de ski — fin février, mars. Dans l'hémisphère Sud, elles surviennent généralement en août et en septembre.

Comment ?

De multiples facteurs interviennent dans la formation et le déclenchement d'une avalanche. Dans tous les cas, c'est une rupture d'équilibre qui entraîne le glissement d'une quantité de neige. La rupture peut être d'ordre thermique (effets climatiques) ou mécanique (effets du poids, surcharge). Il est fréquent qu'elle soit déclenchée par ses victimes — poids d'un skieur, vibrations causées par un bruit.

Effets ?

Les avalanches figurent parmi les catastrophes naturelles les plus dangereuses. Ces quantités de neige, de glace et de pierres qui dévalent les pentes sur un coussin d'air à une vitesse exceptionnelle détruisent tout sur leur passage et peuvent causer un grand nombre de morts.

TYPES D'AVALANCHE

Avalanches de neige poudreuse

Elles surviennent pendant la chute de neige ou peu après. C'est un mélange de neige et d'air qui coule le long de la pente en formant des rouleaux. Sa vitesse peut atteindre facilement 200 km/h ! Ces avalanches ne concernent généralement que la couche supérieure du manteau neigeux et ne forment qu'un dépôt de faible volume, insuffisant pour ensevelir quelqu'un.

Avalanches de plaque

Elles résultent de la rupture d'une strate du manteau neigeux constituée de neige relativement dense reposant sur une sous-couche sans cohésion. La fracture peut se propager sur plusieurs centaines de mètres et l'épaisseur de cette strate peut atteindre plusieurs mètres. Il peut également y avoir formation d'un aérosol, mais la plaque glisse le plus souvent en blocs de taille variable à une vitesse pouvant dépasser 100 km/h.

Avalanches de neige humide

Elles surviennent lors d'un redoux hivernal et

au printemps. Elles sont comparables à l'écoulement d'un torrent. Leur vitesse est de l'ordre de 60 km/h, mais elles exercent des pressions considérables. Elles peuvent concerner la totalité du manteau neigeux lorsque celui-ci est déstabilisé jusqu'à sa base.

ÉCHELLE DE RISQUE D'AVALANCHE

Les échelles de risque d'avalanche américaine et européenne classent les risques d'avalanche de façons similaires. Seules les couleurs utilisées pour les désigner diffèrent.

Risque faible.
Couleur verte dans les deux échelles.
Le manteau neigeux est stabilisé dans la plupart des pentes. Le déclenchement d'avalanches n'est généralement possible que par forte surcharge sur de très rares pentes raides. Seules des coulées ou de petites avalanches peuvent se produire spontanément.

Risque limité.
Jaune dans les deux échelles
Le manteau neigeux n'est que modérément stabilisé sur les pentes raides. Il est bien stabilisé ailleurs. Le déclenchement est possible par forte surcharge et dans quelques pentes.

Risque marqué.

Ocre dans l'échelle européenne ; orange dans l'échelle américaine.

Le manteau neigeux n'est que modérément à faiblement stabilisé. Les déclenchements sont probables dans de nombreuses pentes. Les départs spontanés d'avalanches de taille moyenne à assez grosses sont possibles.

Risque fort.

Orange dans l'échelle européenne ; rouge dans l'échelle américaine.

Le manteau neigeux est faiblement stabilisé. Les déclenchements sont probables même par faible surcharge dans les pentes suffisamment raides. Les départs spontanés d'avalanches de taille moyenne à grosses sont possibles.

Risque très fort.

Rouge dans l'échelle européenne ; noir dans l'échelle américaine.

L'instabilité du manteau neigeux est généralisée. On peut s'attendre à de nombreuses et grosses avalanches spontanées y compris en terrain peu raide.

Termes à connaître :

Pentes raides : pentes particulièrement propices aux avalanches, en raison de leur forte déclivité.

147

Le terme *départ spontané* concerne les avalanches qui se produisent sans action extérieure.

Le terme *déclenchement* concerne les avalanches provoquées par surcharges.

Surcharge : forte (groupe de skieurs, par exemple).
faible (skieur isolé, piéton).

GELURES

À la suite d'une avalanche, on peut souffrir de gelures. Elles sont le résultat d'une exposition prolongée à des températures inférieures à zéro degré et concernent généralement les parties du corps découvertes : le nez, les oreilles, les joues et les doigts.

On observe trois stades : la froidure, la gelure superficielle, et la gelure profonde.

Froidure
Elle se caractérise par des sensations de picotements et de fourmillement et une peau anormalement blanche et douce. Elle n'entraîne pas de dommages irréversibles.

Gelure superficielle
C'est une lésion caractérisée par une enflure

douloureuse, rouge violacé, accompagnée parfois d'ampoules ou de crevasses.

Gelure profonde

Les caractéristiques sont les mêmes que celles de la gelure superficielle à un stade plus avancé. Elle affecte les plans profonds (vaisseaux sanguins, muscles, nerfs, tendons et même os) et peut entraîner des dommages irréversibles. Les parties touchées perdent toute sensibilité. Elle exige des soins médicaux rapides afin d'empêcher l'infection, voire la perte d'un membre.

HYPOTHERMIE

Une personne restée enfouie sous la neige à la suite d'une avalanche peut souffrir d'hypothermie. Il s'agit d'un abaissement de la température du corps au-dessous de 35 °C. Très dangereuse, elle demande des soins médicaux immédiats.

On la considère modérée si la température descend entre 35 et 32 °C, majeure au-dessous de 25 °C.

Elle affecte différemment les victimes selon leur condition physique, les causes et le temps d'abaissement de la température.

L'hypothermie se manifeste par :
Confusion et somnolence
Respiration et articulation difficiles
Pouls ralenti
Basse pression sanguine
Tremblements

Hypothermie subaiguë
Ce stade de l'hypothermie peut affecter une personne indemne restée bloquée un temps assez long en montagne. Elle n'apparaît que lorsque ses réserves d'énergie sont épuisées et s'installe plus ou moins rapidement en fonction de la condition physique et du niveau de fatigue de la victime.

Hypothermie aiguë
Elle touche les personnes blessées et de ce fait immobilisées un temps assez long dans la neige, une crevasse ou de l'eau gelée. La victime doit être au plus vite emmenée à l'hôpital.

LES GRANDES AVALANCHES

Lieu : Alpes italiennes
Date : 218 av. J.-C.
Effets : Quand Hannibal traversa les Alpes vers l'Italie, il partit avec une armée de 38 000 soldats, 8 000 chevaux et 37 éléphants. Dès le premier jour de voyage, ils eurent un temps effroyable. Troupes et animaux furent alors

contraints de bivouaquer pendant deux jours sur un col pour attendre la fin de la tempête. Le troisième jour, Hannibal décida de repartir. D'épaisses couches de neige fraîche avaient recouvert la neige dure plus ancienne, et quand le convoi se mit en branle pour redescendre de l'autre côté du col, les animaux s'enfoncèrent jusqu'à la couche de neige dure qui donna alors des signes d'instabilité. En y plantant sa lance pour la tester, Hannibal provoqua un glissement qui emporta une grande partie de son armée. De nombreux éléphants, ainsi que 2 000 chevaux et 18 000 hommes disparurent à jamais.

Lieu : Elm, Suisse
Date : 11 septembre 1881
Effets : Par un dimanche après-midi, le sommet du Plattenberg Kopf glissa sur le village d'Elm. Après des années passées à creuser dans la roche située au-dessous de la montagne, les mineurs avaient fini par l'ébranler. Il fallut dix-sept minutes à la montagne pour se fracturer. Une gigantesque masse de neige, de glace et de pierres dévala alors ses flancs avec une telle puissance qu'on raconte que les maisons furent soulevées comme des plumes.

Lieu : Wellington, État de Washington, États-Unis
Date : 1er mars 1910
Effets : Une tempête fit rage sur les montagnes

Cascade de l'État de Washington pendant neuf jours consécutifs du mois de février. La ligne de chemin de fer fut coupée tandis que de gigantesques masses de neige s'abattaient quotidiennement sur la région. De nombreuses personnes se retrouvèrent bloquées, dont cent passagers dans un train arrêté à Wellington. Finalement, il cessa de neiger et des vents chauds se mirent à souffler. L'immense manteau de neige devint très vite instable et commença à bouger. À une heure du matin, une crête de neige haute de sept mètres et large d'un demi-kilomètre descendit de la montagne sur Wellington. En quelques secondes, le train et ses passagers, les rails et les maisons alentour furent précipités dans une gorge de trente-sept mètres de profondeur. Vingt-six personnes seulement furent sauvées. L'avalanche qui ne dura qu'une minute laissa derrière elle quatre-vingt-seize morts.

Lieu : Glacier 511, Mont Huascaran, Cordillère des Andes

Date : 10 janvier 1962

Effets : Le glacier 511, à plus de 7 000 mètres d'altitude, se fractura et glissa le long de la montagne avec des effets spectaculaires. L'avalanche était si grande qu'on la prit d'abord pour un nuage. Trois millions de tonnes de glace s'engouffrèrent dans la vallée, engloutissant tout sur son passage. Elle atteignit une vitesse de 90 km/h et une hauteur de 20 mètres. La ville de

Ranrahirea fut entièrement écrasée, réduite à un amas de ruines, de glace et de boue. Un seul de ses habitants survécut. Le bilan des morts fut de 3 500.

Lieu : Val d'Isère, Alpes françaises
Date : 10 février 1970
Effets : Une terrible tempête frappa la station de sports d'hiver au début du mois de février, accumulant des milliers de tonnes de neige sur le Dôme, à une altitude de 3 000 mètres. Quand elle descendit la montagne, l'avalanche passa au travers de la salle à manger d'un hôtel alors que des gens y prenaient leur petit déjeuner. Les équipes de secours sortirent soixante personnes de la neige, mais trente-neuf autres trouvèrent la mort. La région, qui n'avait pas vu d'avalanche depuis cinquante-deux ans, était protégée par des barrières de béton : elles furent désintégrées par l'impact.

Lieu : Rechingen, Suisse
Date : 24 février 1979
Effets : Une gigantesque avalanche frappa cette base de l'armée suisse, faisant disparaître trois des chalets du campement ainsi qu'un mess d'officiers de trois étages. Malgré la rapidité des secours due à l'expérience des militaires sur place, dix-huit personnes seulement furent retrouvées vivantes. La neige qui continua de tomber compliqua la tâche des sauveteurs. Le dernier survivant fut retrouvé après cinq jours de recherche.

ÉTONNANT !

Les plus grandes avalanches surviennent le plus souvent dans les régions inhabitées de l'Himalaya.

89 % des victimes d'avalanches sont des hommes.

L'avalanche survenue en 1836 à Lewes, dans le Sussex, en Angleterre, a été commémorée par l'ouverture sur les lieux mêmes d'un bar appelé *The Snowdrop Inn*, autrement dit *L'Auberge de l'Avalanche.*

En 1984, en Colombie, l'éruption du volcan Peligro fit fondre une plaque de glace. La combinaison de l'explosion et de l'avalanche qui en résulta laissa une couche de débris de plusieurs centaines de mètres d'épaisseur. 20 000 personnes trouvèrent la mort dans cette double catastrophe.

La plus rapide avalanche connue en région habitée frappa Glarnish, en Suisse, le 6 mars 1898. Elle atteignit la vitesse de 349 km/h et couvrit presque sept kilomètres en une minute.

Table

Table

Imprimé par Jean-Lamour à 53110 Mayenne
Imprimé en France par Brodard et Taupin - La Flèche
dépôt légal : 13207 - octobre 2001
0.07.0556.01/2 - ISBN : 2.01.200556.X

Composition *Jouve* 53100 Mayenne
Imprimé en France par ***Partenaires-Livres*** ®
N° dépôt légal : 13207 – juillet 2001
20.07.0556.02/9   ISBN : 2.01.200556.X

Loi n° 49-956 du 16 juillet 1949
sur les publications destinées à la jeunesse